長編小説

とろめき女上司

葉月奏太

竹書房文庫

目次

※この作品は竹書房文庫のために
書き下ろされたものです。

第一章　女上司の淫らな命令

1

十月二日、月曜日の朝——。

片山秀平《かたやましゆうへい》は事務用品などの私物が入った段ボール箱を抱えて、営業部のフロアを後にした。

(どうして、こんな時期に異動なんだよ)

廊下を歩きながら、胸のうちでつい愚痴がこぼれてしまう。

人事異動は大抵の場合、上期に実施される。ところが、唐突に下期からの異動を命じられた。

秀平は入社二年目の二十四歳である。あれほど苦手だったネクタイとスーツも、ようやく慣れてきた。仕事も基本的なことは覚えて、これからというときに突然の業務命令が下された。

　人事異動にはそれなりの理由がある。昇進や降格が絡むケース、欠員が出た部署の補充などが多いが、秀平の場合はどれにも当てはまらない。そもそも、入社二年目の若手社員が人事異動することが稀《まれ》だった。

　しかも、営業部の花形部署である営業一課を出されて、こともあろうに営業六課への配置換えだ。仕事が面白くなってきて、ガンガン売っていこうと思っていた矢先の異動だった。大きな失敗をしたわけでもないのに、まったく意味がわからない。それでも、辞令なので従うしかなかった。

　昨春、秀平は大学を卒業して、『樽橋《たるはし》フーズ』に入社した。

　樽橋フーズは東京北部に本社を置く、レトルト食品を中心とする加工食品メーカーである。テレビＣＭでもお馴染《なじ》みの『ジャイアントカレー』が主力商品で、男性向けのガッツリ系を扱うことで知られていた。

　リノリウムの床を革靴でコツコツ鳴らしながら、長い廊下を奥に向かって歩いていく。営業部では扱う商品によって担当課をわけており、営業一課から五課までは同じフロアにある。だが、六課は秀平が入社する前年に新設された部署なので、部屋が独立していた。

（ここか……）

廊下の突き当たりにあるドアの前に立ち、秀平はゴクリと唾《つば》を飲みこんだ。

木製のドアに『営業六課』と書かれたプラスティックプレートがかかっている。以前は小会議室だったが、今は六課が使っているという話だ。ここだけ営業部のフロアから離れているせいか、いかにも隅に追いやられている感じがした。

緊張しながらドアをノックする。

ところが、あたりは静まり返ったままで反応がない。仕方なくレバーを掴《つか》んでまわしてみると、ドアはあっさり開いた。

途端にふわっと甘い香りが漂ってくる。シャンプーなのかリンスなのか、はたまた香水なのか、とにかく女性らしいフレグランスが鼻腔をくすぐった。

「失礼します」

遠慮がちに声をかけながら部屋に入る。狭いスペースにスチール製のデスクがいくつかあり、椅子に座っている女性が七名ほどいた。ところが、誰ひとりとして秀平に関心を示さなかった。

（なんか、歓迎されてない感じだな……）

男性社員の姿は見当たらない。女性たちは資料に目を通していたり、パソコンに向かっていたりと様々だ。噂で聞くのとは違って、朝から熱心に仕事をしているように見えた。

営業六課は女性ばかりで構成された部署である。

まさに女の園といった感じだ。一見華《はな》やかだが、じつは問題のある女性社員を集めたお荷物部署だと言われていた。これまで男性社員が配属されたことは一度もない。それなのに、なぜか秀平に異動の辞令がくだされた。

(俺、やっていけるのかな……)

胸のうちにあるのは不安だけだ。

ふと部屋の奥を見やると、窓を背にして置かれたデスクがあった。おそらく、そこに座っているグレーのスーツを着た女性が課長だろう。歩み寄ろうとしたとき、ふいにその女性が顔をあげた。

「こっちよ」

柔らかい笑みを向けられて、なおのこと緊張感が高まった。

秀平は一礼してから、恐るおそるデスクの前まで進んだ。そして、抱えていた段ボール箱を床に置き、あらためて背筋を伸ばした。

「きょ、今日からお世話になります、片山秀平です」

頬の筋肉がひきつり声が裏返りそうになる。とにかく、最初が肝心とばかりに、腰を九十度に折って挨拶した。

「課長の渡瀬《わたせ》です。今日からよろしくね」

穏やかな声と目尻のさがった瞳が印象的な女性だった。緩《ゆる》くウエーブがかかったミディアムヘアが、ジャケットの肩に柔らかくかかっていた。

彼女は課長の渡瀬京香《きょうか》。異動前に六課の名簿をチェックしてきたので、だいたいのことは頭に入っている。三十七歳で既婚者。六課が新設されたときに一課から異動になっていた。

（思っていたより、やさしそうな人だな）

内心ほっと胸を撫でおろす。六課は癖のある女性社員ばかりと聞いていたので、課長もきつい人なのだろうと想像していた。ところが、椅子から立ちあがった京香は、包容力がありそうなやさしげな女性だった。

肉厚の唇には微笑が浮かんでいる。いっしょにいるだけで、心が癒《いや》されそうな雰囲気だ。白いブラウスの胸もとは大きく張りつめており、そのせいでジャケットの襟《えり》が左右に開いていた。

だが、今は課長の乳房よりも、仕事内容のほうが気になっている。同じ会社ではあるが、六課の実態はあまり知られていなかった。しかも女性ばかりの部署である。恋愛経験の少ない秀平は、それだけで身構えてしまう。

「あの、わたしは六課でなにを……」

「基本的な仕事内容は一課と同じだけど、扱っている商品が違うの。そのあたりはあとで説明するわね」

京香はデスクをまわりこんで秀平の隣に立ち、安心させるように微笑《ほほえ》んだ。

「みなさん、ちょっと手を休めてください」

京香が声をかけると、デスクに向かっていた女性たちがいっせいに振り向いた。

「こちらは、今日から六課の一員になった片山秀平くんです」

課長の紹介を受けて、秀平は慌てて深々と腰を折った。

「か、片山秀平です。一所懸命やりますので、よろしくお願いします！」

最初の挨拶だけはしっかりやろうと決めていた。これほど多くの女性に見つめられるのは初めての経験だ。またしても頬がひきつってしまうが、気合いを入れて腹から声を出した。

ところが、気合いは完全に空回りして、たいして広くもない部屋に秀平の声が虚《むな》しく響き渡った。女性たちはいっさい表情を変えることはない。興味がないのか、黙って秀平の顔を見つめていた。

「片山くんは入社二年目のフレッシュな社員です。みなさんで力を合わせて、六課を盛りあげていきましょう」

京香がフォローしてくれたが、やはり誰も声を発することはなかった。

何事もなかったように、あっという間にみんな仕事に戻ってしまう。まったくもってウエルカムな雰囲気はない。いきなり疎外感を味わい、胸の奥で燻《くすぶ》っていた不安がさらに大きくなった。

「みんなちょっと変わってるけど、あまり気にしないで。人はいいのよ」

「は……はい」

かろうじて返事をするが、六課でやっていく自信などあるはずがない。できることなら、今すぐ一課に戻りたかった。

「そうそう、新しい名刺を渡しておくわね」

京香がデスクの上に置いてあったプラスティックケースを渡してくれる。蓋《ふた》を開けると、名刺には確かに「営業六課」と印刷されていた。

（ほんとに六課に来ちゃったんだな……）

今さらながら、六課の一員になったことを実感する。女性ばかりということで、ほんの少し期待する気持ちもあったが、この数分間で完全に砕かれていた。

「片山くんのデスクはここよ」

京香が席に案内してくれる。

四つのスチールデスクを寄せて、ひとつの島になっていた。課長席のすぐ目の前が秀平の席だった。

背後にも二つのデスクを向かい合わせにした島があり、そちらに座っている女性たちは派遣社員だという。正社員と同じく外回りもこなすが、定時の午後五時にはきっちり退社するということだ。

秀平が段ボール箱をデスクに置くと、京香が向かいの席に座っていた女性に声をかけた。

「玲子《れいこ》ちゃん、彼のことよろしくね。彼女は係長の真崎《まさき》玲子さんよ。片山くんは、しばらく係長について勉強してもらうわ」

名前を聞いて、すぐにピンと来た。事前に目を通した名簿によると、真崎玲子は三十歳の独身で、以前の所属先は一課だった。黒に近い濃紺のスーツに身を包み、ダークブラウンのロングヘアを背中に垂らしている。顔をあげて脚を組むと、切れ長の瞳で秀平をまっすぐ見つめてきた。

「う……」

目が合った瞬間、秀平は言葉を失って固まった。

デスクの陰からストッキングに包まれたふくらはぎが覗いている。手脚がスラリと長く、モデルを思わせるスレンダーな体型だ。はっとするほど整った顔立ちで、唇が薄いせいか冷たい感じが漂っていた。

クールビューティとは、まさに彼女のためにある言葉ではないか。そう思わせるだけの美貌を彼女は持ち合わせていた。

「ご、ご指導……よろしくお願いします」

やっとのことで声を絞り出す。完全に圧倒されており、もはや空元気を出す余裕はなかった。

「課長から話は聞いてるわ」

見た目と同じく、涼やかな声が鼓膜を振動させる。秀平は魅入られたように身動きできなかった。

「足手まといにならなければいいけど」

玲子は抑揚のない声で言うと、手もとの資料に視線を落とした。

いかにも厳しそうな女上司だ。これから彼女について仕事を学ぶと思うと、気持ちが引き締まって背筋がピンと伸びた。

「仲良くやってね」

京香が声をかけるが、玲子は聞こえているはずなのに返事をしない。それどころか、全身にピリピリした空気をまとっていた。

（うわ……）

これ以上、なにか言える雰囲気ではない。上司である課長の言葉を無視するとは只《ただ》者《もの》ではなかった。

「仕事はできるんだけど、いつもこんな調子なの」

呆れた様子で京香が耳打ちしてきた。

玲子は一課に在籍していたころから成績はずば抜けていたが、男勝《おとこまさ》りのきつい性格が災いして、上司と衝突が絶えなかったという。そして、当時の課長が持てあまし、新設された六課に異動になったらしい。

「一美《かずみ》ちゃんも、いろいろ教えてあげてね」

京香が隣の席に座っている里村《さとむら》一美に声をかけた。

十代でも通用する愛らしい風貌をしているが、入社三年目の二十五歳だ。一美は首をかしげるようにして、秀平の顔を見あげてくる。セミロングの黒髪を耳にかける仕草は女子大生のようだった。

「里村です、よろしくお願いいたします」

見た目だけではなく、声も清らかで可愛らしい。ライトグレーのスーツを着ていなかったら、とても社会人には見えないだろう。ただ、スーツの胸もとだけは、京香に負けず劣らず張りつめていた。

「こ、こちらこそ、よろしくお願いします」

再び頭をさげるが、緊張のあまりぎこちない動きになってしまう。それを見た一美が、いきなりぷっと噴き出した。

「ロボットじゃないんだからさ、もっと普通にしていいんだよ」

口調が豹変して、さもおかしそうに見つめてくる。いったい、なにが起こったのだろう。秀平は戸惑いながらも小さく頷《うなず》いた。

「は、はい」

「ほらまたぁ、堅苦しいんだよね」

やはり最初の印象とまったく違う。黙っていれば可愛らしいのだが、どうやらこちらが地の姿らしい。見た目とのギャップが大きすぎて、なおのこと毒舌に感じられた。

「き、気をつけます」

「全然ダメ、そんなんじゃ営業なんてできないよ」

異動したその日から砕けた調子で話せるはずもない。だが、一美は容赦なく指摘してきた。

「すっと相手の心に入りこんでいかないと。これ営業の極意ね」

「一美ちゃん、ネイルがちょっと派手じゃないかしら」

京香が助け船を出すように、横から割って入った。

「そうですかぁ、これくらい普通だと思うんですけど」

一美は両手をひろげて、まじまじと見つめた。

彼女の爪は鮮やかなピンクに塗られており、ゴールドのラメがキラキラと輝いている。確かに社会人としては派手すぎるが、なぜか彼女だと許されてしまう気がするから不思議だった。

「もう少し大人しいのにしてね」

京香が諭《さと》すように言うと、一美は照れ笑いを浮かべて肩をすくめた。そして、スマホを取りだし、さっそくネイルサロンに予約の電話をする。仕事中に堂々と電話をするのはどうかと思うが、素直なところもあるようだ。

「こういうところが憎めないのよね」

部下を大切に思っているのだろう、京香は目を細めてつぶやいた。

かつて一美は香辛料を扱う三課にいたが、その愛くるしい風貌と愛想のよさで、男性上司に上手《うま》く取り入ってきたらしい。その結果、女性社員との間に軋轢《あつれき》が生じて、三課に居づらくなったという。

（もしかして、この人が……）

かつて、三課に「オヤジ殺し」と揶揄《やゆ》される女性社員がいた、という噂を聞いたことがある。もしかしたら、一美がその噂の張本人ではないか。先ほど垣間《かいま》見た二面性からも、その可能性が高い気がした。

もうひとり、優太の斜め向かいの席に座っている女性がいた。黒縁の丸い眼鏡をかけて、パソコンの大型モニターを見つめている。キーボードを叩くたび、ストレートロングの黒髪が微かに揺れていた。

「あと、唯《ゆい》ちゃんね。でも、彼女は……また今度ね」

なぜか京香は、彼女だけ紹介してくれなかった。秀平が不思議に思って見つめると、疑問を察したのか小声で教えてくれた。

「すごく人見知りなの」

彼女はレトルト米飯専門の四課から異動してきた中垣《なかがき》唯だ。

なにかショックな出来事があって、対人恐怖症になったらしい。ほとんど口を開くことはなく、彼女とのコミュニケーションは、基本的にメールでやり取りするというから驚きだ。営業職なのに外回りができなくなり、現在は六課で内勤をしていた。

（ああ、そういえば……）

事前に目を通した名簿を思い出す。唯に関しては、確かパソコン関連に精通と記されていた。そう言われてみると、モニターの光を浴びながらキーボードを叩く姿は、いかにもだった。

「PC関連のことなら唯ちゃんに聞いて。ただしメールでね」

唯は二十八歳の独身で、肩書きは営業六課の主任である。現在、営業に出ることはないが、エクセルでもパワーポイントでも完璧に使いこなし、社内随一のデータ分析能力を誇るという。

「今は長い目で見てあげているの。いつか心を開いて、自分から話しかけてくるだろうって」

しんみりとつぶやく京香の言葉には、部下を心から思うやさしさが滲《にじ》んでいた。彼女がいるからこそ、営業六課は成りたっているのだろう。

「それじゃあ、片山くん、これからよろしくね」

京香が柔らかい笑みを向けてくる。秀平は条件反射的に背筋を伸ばして「はい」と答えていた。

しかし、京香が課長席に戻ると、不安が胸の奥で膨れあがった。

クールで厳しそうな係長の玲子に、キュートな見た目とは裏腹に毒舌の一美。それにいっさい口を開かない唯。それぞれ容姿は整っているが、噂に違《たが》わない変わり者ばかりだった。

(俺、本当にやっていけるのかな……)

なぜ六課にまわされたのか、まったく理解できない。自分はごく普通の男だと思っている。どう考えても、六課のメンバーとは似ても似つかなかった。

(もしかしたら、会社は俺をリストラするために……)

そんなことを鬱々《うつうつ》と考えながら、段ボール箱から事務用品を取り出してデスクの引き出しに移していた。

「片山、外回りに行くよ」

突然、玲子の声が聞こえてはっとする。顔をあげると、すでに彼女は背を向けていた。ドアレバーに手をかけて、今まさに廊下に出るところだ。

「あっ、ちょっ、ちょっと待ってください」

落ちこんでいる場合ではない。秀平は営業バッグを手にすると、慌てて玲子の背中を追いかけた。

2

「真崎さん……」

電車に揺られながら、秀平は遠慮がちに切り出した。

「どうして電車なんですか？」

外回りと聞いたので、てっきり営業車で行くものと思った。ところが、玲子は最寄りの駅まで歩き、当然のようにプリペイドカードを使って改札を通過した。

「営業車がないからよ」

冗談かと思った。ところが、玲子は隣で吊り革に摑まり、表情を変えることなく手帳に視線を落としていた。

「車……ないんですか？」

同じ営業部なのに、そんなことがあるのだろうか。一課では、車体の横に社名の入った営業車を使っていた。

「営業フロアに居場所がなくて、小会議室に押しこめられているのよ。六課に営業車なんてあるわけないでしょう」

淡々と語っているが、言葉の端々には苛立《いらだ》ちが滲んでいる。その証拠に、手帳を握る指先には力がこもっていた。

玲子の怒りはもっともだ。一課から五課までは、それぞれ営業車が用意されている。電車移動ではまわれる店舗数も限られて、おのずと営業成績に反映されるだろう。

「そんなの、フェアじゃないですよ」

つい不満が口をついて出てしまう。すると、玲子は手帳から顔をあげて、切れ長の瞳を向けてきた。

「現状を嘆いても意味はないわ。たとえアンフェアでも、結果を出さなければならないの」

「契約を取る、ということですか？」

「そう、どんな手を使ったとしても、営業は結果がすべてよ」

彼女の言葉から強い決意が伝わってくる。一課の営業マンから、これほどまでの気迫を感じたことはなかった。

(俺……勘違いしてたのかな？)

六課はろくでもない連中の集まりだと噂されていた。秀平はそれを鵜呑《うの》みにしてきたが、今、目の前にいる玲子は営業成績をあげることに貪欲《どんよく》だった。

「片山、ぼけっとしない」

声をかけられて隣を見ると、玲子の姿が消えていた。

「あれ？」

いつの間にか駅に到着している。すでにドアが開いており、玲子はちょうどホームに降り立ったところだった。

「あっ、待ってくださいよぉ」

秀平も慌てて電車から飛び降りた。その直後、背後でプシュゥッと音を立ててドアが閉まった。

(ふうっ、危なかった)

だが、まだ安心できない。玲子は振り返ることなく、どんどん歩いていく。人で溢れるホームの遥か先に、彼女の背中が見え隠れしていた。

まだ行き先を聞いていない。見失ったら面倒なことになる。秀平は必死に人波を掻《か》きわけて、ロングヘアをなびかせる玲子を追いかけた。

電車を乗り継ぎ、とある駅で下車して五分ほど歩いた。

「今日はここを攻めるわよ」

玲子の瞳がキラリと光った。彼女の視線は目の前にある『スーパーおくなが』に向けられていた。

スーパーおくながといえば、都内に三十店舗を展開するチェーン店だ。庶民的なスーパーでありながら、農家に太いパイプを持っており、いつでも新鮮な野菜を買えることで人気を博していた。

「い、いきなり、スーパーおくながさんですか」

秀平はさすがに気後《きおく》れして、思わず立ち止まった。

このチェーンでは、まだ樽橋フーズの製品の取り扱いがないため、一課でもたびたび話題にのぼっていた。だが、本部の担当者が気むずかしく、門前払いされているのが実情だった。

個人経営の店とは異なり、チェーン店は本部と契約すれば、全店に商品を卸《おろ》すことになる。つまり、ひとつの契約で莫大な利益を生むことになるのだ。だが、それだけに同業他社との競争は激しく、中堅の樽橋フーズは苦戦を強《し》いられていた。

「この二階に本部があるの。十時にアポを取ってあるわ」

玲子は静かな闘志を燃やしているが、あくまでも冷静だった。

一課の精鋭が何度アタックしても、担当者に会うところまで漕《こ》ぎ着けた者はわずかしかいない。とはいっても、まだ契約どころか、人間関係すら構築できていない状況だ。結局のところ、すでに大手の食品会社で売場の棚が埋まっているため、樽橋フーズが入りこむ余地は残されていなかった。

「よく、アポが取れましたね」

「それができなかったら営業にならないでしょう」

玲子はさらりと言うが、それほど簡単なものではないはずだ。いったい、どんな手を使ったのだろうか。

（もしかしたら……）

色仕掛けを使ったのではないか。営業は結果がすべてと言いきる彼女なら、それくらいするかもしれない。玲子ほどの美貌があれば、相手のスケベ心につけこむことも可能だろう。

「お、俺、お邪魔じゃないですか」

「なにを言ってるの。行くわよ」

秀平の思いすごしだろうか。不安をよそに、玲子は颯爽《さっそう》と歩きはじめた。躊躇《ちゅうちょ》することなくスーパーの裏手にまわりこみ、「従業員出入口」と書かれたドアの横にあるインターフォンのボタンをあっさり押した。

ほどなくして、事務員らしき女性の声が返ってくる。玲子が事前にアポイントメントを取っていた旨を伝えると、二階にあるスーパーおくながチェーンの本部の応接室に通された。

黒い革張りのソファに玲子と並んで腰掛ける。座面が柔らかすぎて、どうにも落ち着かない。テーブルに置かれたコーヒーカップから、湯気がゆらゆらと立ちのぼっていた。

「あの、俺はなにをすれば……」

「見ているだけでいいわ。なにもしゃべらないで」

玲子は突き放すように言った。

確かに横から口を挟んでも、商談の邪魔をするだけだろう。六課で扱っている商品すら、まだはっきり把握していない状態だった。

「そういえば、ここの担当者、かなり気むずかしいらしいですよ」

隣の玲子にそっと耳打ちする。摑んでいる情報は少しでも伝えておいたほうがいいと思った。

「どんな相手でも、やることは同じ」

自信に満ちた言葉が返ってきた。感心して見やると、玲子は澄ましてコーヒーカップを手に取った。

「ん……薄いわね」

眉をピクリと動かし、カップをソーサーに戻した。ソファに浅く腰かけて、背筋をすっと伸ばした姿は凛々《りり》しかった。

「なにか秘策でもあるんですか？」

「営業するうえで一番大切なのは――」

玲子が言いかけたとき、応接室のドアがノックされた。

「お待たせして申しわけない」

姿を見せたのは、グレーのスーツに身を包んだ恰幅《かっぷく》のいい男性だった。

年齢は五十代後半といったところだろう。七三にきっちりわけた髪には白いものが混ざっているが、脂《あぶら》ぎった精悍な顔つきをしている。いかにも押しが強そうで、丁寧な言葉とは裏腹に目つきが鋭かった。

（なんか、苦手なタイプかも……）

緊張感が高まり、太腿《ふともも》に置いた手に汗がじっとり滲んだ。そのとき、玲子がすっと立ちあがったので、秀平もとっさに起立した。

「この度はお忙しいところ、お時間を取っていただきありがとうございます」

さすがは係長だ。玲子はまったく気後れする様子がない。淀《よど》みなく挨拶すると、内ポケットから名刺をすっと取り出した。

「樽橋フーズ、営業部営業六課、真崎玲子です」

「これはご丁寧に。ほう、係長さんですか」

男性も名刺を出して交換する。そのとき、玲子の顔をまじまじ見つめて、口もとにだらしない笑みを浮かべた。

玲子が色仕掛けでアポを取ったのではないとしたら、この男の態度は危険かもしれない。なにしろ、勝ち気な性格で、一課にいたときは上司とぶつかってばかりいたと聞いている。ところが、意外にも彼女はにっこり微笑み返した。

（へえ、こういうときは怒らないんだな）

女性が営業で外回りをしていれば、セクハラまがいの嫌な目に遭《あ》うこともあるだろう。でも、いちいち目くじらを立てることなく、こうして笑顔で乗り切っているに違いない。玲子の大人の対応に感心させられた。

「同じく営業六課の片山秀平です」

秀平も今朝もらったばかりの名刺を交換する。受け取った名刺には「スーパーおくながチェーン　バイヤー・小村《こむら》二郎《じろう》」と書かれていた。

「まあ、おかけください」

穏やかに声をかけられて、再びソファに腰をおろす。小村はテーブルを挟んで玲子の真正面に腰かけた。

「樽橋フーズさんが見えたことは以前にもありましたが、女性は初めてだったんですよ。しかも、あなたは半年もの間、何度も足を運んでくださったそうじゃないですか。それなら一度会ってみようと思いましてね」

やはり玲子に興味があって会うことにしたらしい。下心を隠そうともしないところに、こちらの足もとを見るいやらしさを感じた。

だが、それ以上に、玲子が地道な努力を重ねてアポイントを取りつけたことを知って感動した。おそらく、受付で何度も門前払いされたのだろう。それでも足繁く通いつづけて、ついに担当者と会うことになったのだ。

「しかし、お二人でいらっしゃるとはねぇ」

玲子がひとりで来ると思っていたらしい。小村はあからさまに残念そうな声で言うと、秀平をじろりと見やった。

(うっ、いづらいな……)

自分がここにいることは、大きなマイナスなのではないか。しかし、玲子と二人きりだったら、なにをするつもりだったのだろう。そんな秀平の疑問をよそに、玲子は冷静に商談を進めていた。

「こちらは、営業六課で扱っている新商品です」

営業用の穏やかな声だった。

バッグからカラー印刷のチラシとサンプルのレトルト商品を取り出し、テーブルに並べていく。チラシには女性向けレトルト食品のパッケージと、それらの説明が克明に書かれていた。

「ヘルシーシリーズですか……御社のイメージと違いますね」

小村の反応は悪かった。

それもそのはず、樽橋フーズと言えば、ジャイアントカレーをはじめとするガッツリ系のイメージが定着している。これまでは若い男性をターゲットにした商品がほとんどで、健康を謳《うた》ったものはひとつもない。だが、女性社員だけで構成されている六課は、新基軸である女性向け商品を扱っていた。

「昨今の健康ブームに乗りまして、豆腐カレーや大豆カツ丼、それにカロリーハーフ親子丼など、様々な商品をラインアップしております」

「健康ブームねえ……」

「オシャレなポップなども用意しておりますので、売場を作っていただければ見栄えもしますし、女性のお客さまを中心に目に留まると思います」

玲子の説明は淀みない。新商品の情報はすべて頭に入っているらしい。セールストークが次から次へと溢れ出していた。

ところが、小村は腕組みをして渋い表情だ。むっつり黙りこんで、テーブルのチラシをじっと見つめていた。いや、視線はチラシではなく、玲子の下半身に向けられている。タイトスカートの裾《すそ》から覗いている太腿を凝視していた。

(この人、どこ見てるんだよ)

そう思いつつ、つい秀平も女上司の下半身を見てしまう。ソファに腰かけていることで、タイトスカートがずりあがっている。ナチュラルベージュのストッキングに包まれた太腿が、思いのほか大胆に露出していた。

膝はぴったり閉じられているので、スカートの奥までは見えない。それでも適度に脂が乗った太腿と、すらりとしたふくらはぎ、それにキュッと締まった足首に惹《ひ》きつけられた。

「弊社はこれからは男性だけではなく、女性のお客さまにもアピールしていきたいと思っています」

玲子は説明しながら、すっと脚を組んだ。その瞬間、タイトスカートの裾がわずかに開き、奥が見えそうになった。

（おおっ！）

喉もとまで出かかった声をギリギリのところで呑みこんだ。

さらにスカートがずりあがり、太腿がなかほどまで露わになる。脚を組んでいるため、上になった太腿がムニュッとひしゃげていた。

美女に目の前でこんな格好をされたら、どんな男でも視線を奪われるに決まっている。小村も前のめりになって、ギラつく目を向けていた。玲子は澄ましているが、あからさまな視線に気づかないはずがなかった。

（やっぱり、色仕掛けを……）

気が強い玲子でも、こんなことをするとは驚きだ。これも営業テクニックのひとつなのだろう。女性にしか使えない手だが、貪欲さは見習うところがあった。

小村はすっかり夢中になっている。チラシを見ている振りをしているが、視線は玲子の太腿に向けられていた。鼻の下を伸ばして、体勢をどんどん低くしていく。スカートの奥を覗くつもりなのだろう。

(なんなんだ、この人……)

いくらなんでも、露骨ではないか。秀平は自分のことを棚にあげて怒りを覚えていた。

小村は端《はな》から商談をする気がなかった。玲子がこれほど真剣に話しているのに、まったく聞いていないのだ。なんとか彼女の太腿から意識を逸《そ》らしたい。秀平は前屈みになり、チラシに向かって指を伸ばした。

「こちらの商品とか——」

「どこを見てるんですか」

秀平が口を挟もうとしたとき、突然、玲子が毅然《きぜん》とした声で言い放った。

「わたしの脚ではなく、チラシをご覧になってください」

営業用の穏やかな声ではない。抑えてはいるが、怒りの滲んだ言い方だ。目つきも鋭くなっており、とても商談中とは思えない雰囲気になっていた。

「なっ……」

小村は目を見開いて絶句している。まさか商談相手がこれほど強気な態度に出るとは思いもしなかっただろう。

（ちょ、ちょっと……）

驚いているのは秀平も同じだった。

玲子は色仕掛けを使って営業していたのではないか。それなのに、いきなり怒りだすとは意味がわからない。組んでいた脚を戻すと、ずりあがっていたタイトスカートの裾を両手で引っ張って直した。

「ここに来たのは間違いだったようです」

感情を押し殺した平坦な声だった。玲子はテーブルの上に並べていたチラシと商品サンプルを素早くバッグに戻した。

（ま、まずくないか？）

秀平は頬の筋肉をひきつらせて固まった。

最悪の状況だ。こんな形で商談を終わらせてしまったら、今後の関係にも影響を及ぼすのは間違いない。こちらの担当者を代えたところで、スーパーおくながチェーンは交渉にすら応じてくれなくなるだろう。

「ははは、これは参った」

突然、小村が笑いだした。沈黙を破り、応接室に豪快な声が響き渡った。

「いやいや、失礼。つい見とれてしまいました」

怒りだすかと思ったが、完全に予想は裏切られた。なにがツボに嵌《はま》ったのか、さも愉快そうに笑っていた。

「真崎玲子さんか、面白い人だ」

ベテランと思われる小村も、玲子のようなタイプは初めてなのだろう。名刺を見直すと楽しげに頷いた。

食品メーカーは商品を店の棚に置いてもらわなければならない。だから、腰が低いのは当たり前だ。理不尽な要求をされても、メーカー側から商談を打ち切るなどあり得ない。大手のスーパーチェーンやコンビニチェーンが相手の場合、卸値さえ言いなりということもあった。

「あなたのような営業マン、いや、営業ウーマンに会ったのは初めてだ」

「それは、どうも」

もはや猫をかぶるつもりはないらしい。玲子は素っ気なく言うと、バッグを手にして立ちあがった。

「おいおい、もう行くのか？」

「失礼な人とは商談しない主義なんです」

「ちょっと待ちたまえ。もう少し話を聞こうじゃないか」

「いえ、もう結構です」

取りつく島もないとはこのことだ。玲子は冷たく言い放つと、あっさり小村に背中を向けた。

「じゃあ、また後日ではどうかな？」

完全に立場が逆転している。小村は玲子の魅力の虜《とりこ》になったのか、懸命に食いさがっていた。

「考えておきます。片山、行くわよ」

せっかくのチャンスなのに、玲子はいっさい譲る気がないらしい。振り返ることなく、そのままドアに向かって歩いていった。

「し、失礼しました！」

秀平はぽかんとしている小村に頭をさげると、その場から逃げるように玲子の背中を追いかけた。

「真崎さん、待ってくださいよ」

表に出ても、玲子は早足ですたすた歩いていく。せっかく相手が話を聞く気になっていたのに、どうして商談しなかったのだろう。彼女の考えていることがまったく理解できなかった。

「いけそうだったのに、もったいないですよ。押せば契約が取れたかもしれないじゃないですか」

彼女の背中に向かって声をかける。すると、玲子はピタリと立ち止まった。

「契約を取ることがすべてじゃないわ」

営業は結果がすべてと言っていたのに矛盾している。ますます、彼女のことがわからなくなった。

「でも――」

「なにもしゃべるなって言ったのに、どうして口を挟もうとしたの」

振り返った玲子がにらみつけてくる。あまりの迫力に、秀平は思わず後ずさりしそうになった。

「そ、それは……真崎さんの脚を見ていたから」

「は？」

玲子が意外そうに聞き返してくる。秀平は気圧《けお》されながらも話しつづけた。

「真崎さんが説明してるのに、あの人、脚ばっかり見てたじゃないですか」

「そんなことで、口を挟もうとしたの？　契約を取るためじゃなくて？」

「だって、失礼じゃないですか。人が真面目に話しているのに、あんなセクハラまがいなことするなんて。だから、俺……」

語尾が消え入りそうに小さくなってしまう。玲子が呆れた顔をするから、自分の言っていることに自信がなくなってきた。

「キミ、変わってるわね」

彼女の声から力が抜けている。先ほどまでの怒りは、いつの間にかどこかに消え失せていた。

「営業マンなんだから、契約を取ることだけを考えなさい」

自分は商談を投げ出したのに、秀平にはまともなことを言ってくる。物事の判断基準がどこにあるのか謎だった。

「お昼を食べたら、次の営業先に行くわよ」

「は……はい」

「そうそう、ひとつ大切なこと教えてあげる」

駅に向かって歩きかけた玲子が、すぐにぴたりと立ち止まる。そして、前を見たまま つぶやいた。

「営業するうえで一番大切なのは、なんだと思う？」

「えっと、商品の知識……ですか？」

「絶対に自分を曲げないこと」

玲子は自信満々に言い放った。

「脚を見せたのは、相手の出方をうかがうため。あれくらいで気がそぞろになるようでは仕事にならないわ」

まともに商談する気がない相手と話しても仕方がない。時間を効率的に使うのが、玲子の営業方針だという。

しかし、先ほどの小村とのやり取りを思い返すと、玲子のやり方が必ずしも正しいとは思えなかった。

小村は仮にもスーパーおくながの責任ある担当者だ。太腿に見とれながらも、頭の片隅で説明を聞いていたのではないか。彼女の営業力を認めたからこそ、もう一度、話を聞く気になったのかもしれない。

「あっ、ちょっと待ってくださいって」

気づくと、玲子はかなり先を歩いていた。秀平は額に汗を浮かべながら、慌てて彼女の背中を追いかけた。

3

六課に異動になって一週間がすぎていた。

連日、玲子と外回りをする日がつづいている。出社すると、まずはその日に訪問する地域の店の資料に目を通す。チェーン店は玲子が事前に連絡を入れるが、個人商店の場合は飛びこみ営業をかけることも多かった。

ところが、なかなか成果は現れない。新しく商品を置いてもらうというのは、そう簡単なことではなかった。

店の棚には限りがある。どこの店も、名前のある大手食品メーカーの商品を中心に取り扱うので、樽橋フーズのような中堅メーカーは弾《はじ》かれてしまう。主力商品でテレビCMを流しているジャイアントカレーを置いてもらうのがせいぜいで、六課で扱っている女性向けのヘルシーシリーズは見向きもされなかった。

この日も朝から歩きまわったが、契約はひとつも取れず会社に戻ってきた。

すでに夕方六時をすぎている。成果がないのに、これから営業報告書を作成することを考えると気が重かった。玲子と並んでエレベーターに乗りこみ、営業部のある二階のボタンを押した。

（気まずいなぁ……）

秀平は隣を見ることができなかった。

二人の間に会話はない。疲労が蓄積して膝がガクガクしている。玲子の機嫌はすこぶる悪く、とても話しかけられる雰囲気ではなかった。

営業先の個人商店で、年配の店主に身体をじろじろ見られたことが原因だ。しかも店主は契約をちらつかせて、玲子を食事に誘ったのだ。もちろん商談は成立することなく、玲子を立腹させただけだった。

チーンと音がして、エレベーターのドアがゆっくり開いていく。玲子が無言のまま降りて、秀平も後につづいた。

すると、前方からスーツ姿の二人の男が歩いてきた。なにやら話に夢中で、まったく避ける様子がない。その直後、肩が思いきり玲子にぶつかった。

「ちょっと危ないじゃないの」

バッグを落とした玲子が苛立った声をあげた。

「あなたたちだけの廊下じゃないのよ、気をつけなさい」

「おー怖い。そんなにピリピリして怖いから、六課は契約が取れないんだよ」

からかうように言ったのは、営業一課の係長である前野《まえの》だ。

「まったくですね。僕たち一課は頑張って成績をあげているのに」

前野の隣で調子を合わせたのは、秀平の三年先輩で一課の次期エース候補と目されている林田《はやしだ》ではないか。いくら稼ぎ頭《がしら》の花形部署とはいえ、あまりにも失礼な態度だった。

「なんですって？」

玲子の苛々《いらいら》は頂点に達していた。

ぶつかってきたのに謝らないどころか、六課を揶揄する言葉を浴びせてくる。そんな一課の二人を、玲子は今にも胸ぐらを摑みそうな勢いで交互ににらみつけた。まさに一触即発といった雰囲気だ。

「ほ、報告書！」

頭で考えるよりも先に口が動いた。思いのほか大きな声になってしまい、二人の男と玲子がいっせいにこちらを見やった。

「ま、真崎さん、営業報告書を作らないと」

「今はそれどころじゃ——あっ！」

秀平はとっさに玲子の手首を摑むと、男たちを残して廊下を進んだ。無用なトラブルを回避したい一心だった。

「ちょっと離しなさい」

玲子が手を振り払ったときには、すでに男たちはいなくなっていた。一課の連中も、彼女の剣幕に恐れをなして逃げたのだろう。六課だと思って小馬鹿にする言葉を浴びせたはいいが、直後に後悔したに違いなかった。

「もうっ、逃げられたじゃないの」

「仕方ないですね。じゃあ、課に戻りましょうか」

なんとか気持ちを鎮《しず》めようと、平静を装って話しかける。ところが、玲子の苛立ちは増幅していく一方だった。

「あんなこと言われて悔しくないの？」

「そりゃあ、悔しいですけど……」

怒りの矛先《ほこさき》が秀平に向いてしまう。にらまれると畏縮するが、それでも思っていることを口にした。

「でも、俺は真崎さんが努力してることを知っています。だから、別になんとも思いませんし
それが偽らざる気持ちだった。

玲子は気むずかしく、口調はきついところもあるが、仕事に対しては熱心だ。今日も地道に脚を使って店をまわった。営業は種まきが大切だと言われている。そう簡単に結果が出るものではないが、努力は必ず報われると信じたかった。

「なんだか力が抜けるわね……もういいわ」

彼女がどう思ったのかはわからない。それでも、最高潮に激怒している状態からは脱してくれたようだ。ハイヒールをカツカツ鳴らしながら、長い廊下を六課に向かって歩いていった。

午後七時——。

すでにみんな退社しており、営業六課のフロアに残っているのは秀平と玲子だけだった。

営業報告書の作成は遅々として進まない。せめて次のアポイントメントが取れていれば気分も違うのだが、今日はまったく手応えがなかった。

(ううん、書くことがないぞ)

訪問した店と成果、もしくは今後の対策を記入しなければならない。しかし、門前払いされた店に関しては、対策もなにもなかった。

――今後は電話連絡を取ってから訪問することにします。

苦し紛れの言葉を、キーボードで打ちこんで顔をあげる。すると、向かい側の席の玲子が、苛ついた様子でモニターを見つめていた。

おそらく、彼女も書くことがなくて困っているのだろう。セクハラまがいの扱いを受けた店に、再び訪問するはずがない。今後の対策などないのだが、白紙で提出することは課長の京香に禁じられていた。

(真崎さんのほうが、俺なんかよりずっと大変なんだ)

昼間のことを思い出すと、申しわけない気持ちになってくる。店主の親父がしつこく食事に誘っているとき、秀平はどう対処すればいいのかわからず、見ていることしかできなかった。

(なにか、俺にできることは……)

ふと思いついた。秀平はそっと席を立つと、玲子の邪魔をしないよう静かに給湯室へと向かった。

営業の足手まといになっているのは間違いない。せめて事務作業のときくらい、玲子を苛々させたくなかった。

給湯室に入ると、電気ポットをセットした。

普段は各々でお茶を入れるが、玲子の分もいっしょに用意する。棚から茶筒を取り出し、急須《きゅうす》に茶葉を移した。勢いあまって大量に入ってしまうが、少しくらい濃いほうがうまいだろう。ちょうど湯が沸いたので、急須に注ぎ、湯飲み茶碗とお盆を用意した。

少しは喜んでもらえるだろうか。湯飲みをふたつ載せたお盆を持ち、玲子のデスクへと向かった。

ところが、一歩進むたびにお茶がこぼれそうになる。どうやら、大量に入れすぎてしまったらしい。なんとかバランスを取りながら歩くが、疲れきっている脚が震えはじめた。

「うわっ！」

あと少しのところで、膝からガクッと力が抜ける。とっさに近くのデスクにお盆を乗せたとき、玲子が慌てて立ちあがった。

「なにしてるのっ」

転倒しかけた秀平を受けとめようとする。しかし、勢いがあったため、彼女は後方に跳ね飛ばされた。

「す、すみません」

秀平はなんとか転ばずにすんだが、自分を庇《かば》った玲子は尻餅《しりもち》をついてしまった。反射的に謝罪した直後、秀平は両目をカッと見開いた。

(うわっ……)

驚きのあまり声にならない。床に座りこんだ玲子のスカートがずりあがり、パンティが丸見えになっていた。

しかも、脚を大きく開いて膝を立てているため、大切な部分を覆っている股布まで露わになっている。オフィスの無機質な蛍光灯の明かりが、女上司の股間を煌々《こうこう》と照らしていた。

(こ、こういうのが好きなんだ)

まったく予想外の趣味だった。

ナチュラルベージュのストッキング越しでも、鮮やかなピンクのパンティが確認できた。フリルで飾りつけられており、ウエストには水玉模様の赤いリボンがついている。男勝りの彼女からは想像ができない可愛らしいパンティだった。

「イッタ……」

臀部《でんぶ》が痛むのだろう。玲子はしきりに尻を擦っており、いまだにスカートが全開になっていることに気づいていない。

（どうすればいいんだ？）

教えるべきか、それとも黙っているべきか迷ってしまう。指摘することで、彼女に恥をかかせるのではないか。でも、放っておくのも違う気がする。あれこれ考えるが答えを出すことができず、結局、無言で固まってしまった。

「あっ……や、やだ」

ふいに玲子が戸惑いの声をあげた。

ようやくパンティが丸見えだったことに気づき、慌てて脚を閉じてスカートを引きさげる。そして、顔を真っ赤にしながら立ちあがると、腕組みをして秀平をにらみつけた。

（や、やばい……）

慌てて視線を逸らすが、彼女はすぐ目の前まで迫ってくる。秀平は直立不動の姿勢で動けなくなった。

「な、なにか見た？」

いつも毅然としている玲子が、珍しく動揺している。可愛らしいパンティを見られたことを、よほど気にしているらしい。耳まで赤く染めあげて、瞳をうるうる潤ませていた。

「み……見てません」

本当はしっかり網膜に焼きついているが、ここはなにも見なかったことにしたほうがいいだろう。とっさに嘘をつくが、玲子は執拗《しつよう》に食いさがってきた。

「そんなはずないわ、本当は見たでしょう」

「い、いえ……あの……ちょ、ちょっとだけです」

あまりの迫力に、つい口が滑ってしまう。すると、玲子は両目を吊りあげて、烈火のごとく怒りだした。

「やっぱり見たんじゃない！」

一段と声が大きくなった。怒っているところは毎日見ているが、仕事中とは様子が違っていた。

「こんなに恥ずかしい思いさせて、許せないわ」

「す、すみません、誰にも言いませんから」

「そんなの当たり前じゃない！」

謝り方を間違えたらしい。火に油を注ぐ結果となり、ますます収拾がつかなくなってきた。

そして、玲子は怒りの形相でしばらく黙りこみ、なにかを考えこんでいたが、おもむろに口を開いた。

「こうなったら、あなたにも恥ずかしい思いをしてもらうわ」

「は……はい？」

いったい、なにを言っているのだろう。意味がわからず顔を見やると、玲子は耳まで赤くしたままにらんできた。

「あなたも恥ずかしいものを見せなさい。そうすれば、誰にも言わないって信用してあげる」

互いに秘密を共有するつもりらしい。弱みを握り合うことで、相手の口を塞《ふさ》ごうという考えのようだ。

「そんなことまでしなくても……」

「女に恥をかかせて、ただですむと思ってるの！」

玲子はまったく聞く耳を持たない。秀平が口を開くたびに、怒りが増幅していく気がした。

「ほ、本当に見せないとダメなんですか？」

彼女はなにも答えず、椅子に腰かけて脚を組み、早くしなさいとばかりに顎をしゃくった。

（参ったなぁ……）

秀平は天を仰《あお》いで途方に暮れた。

アクシデントとはいえ女性のパンティを見たのは事実だ。こうなったら、秀平も見せるしかないだろう。今の玲子には仕事のときとはまた違った迫力があり、断り切れそうになかった。

「わ……わかりました」

仕方なくベルトを緩めると、スラックスのフックを外してファスナーをジジジッとおろしていく。彼女の視線を感じて指が震えてしまう。それでも、なんとかスラックスをさげて、グレーのボクサーブリーフに包まれた股間を露出させた。

「こ、これで、いいですか？」

ジャケットを着た状態で、スラックスを膝までおろしている。情けない格好だが、彼女を納得させるためだった。

「なにしてるの。わたしは恥ずかしいものを見せなさいって言ったのよ」

スラックスを引きあげようとしたとき、玲子の鋭い声が飛んだ。

「わたしが受けた辱《はずかし》めは、こんなものじゃなかったわ。パンツを脱いで、隠しているものを見せるのよ」

「は、辱めって……」

秀平は言葉を呑みこんだ。玲子の目は真剣だった。なにを言ったところで、一歩も引かないだろう。

それに彼女の言うことにも一理ある。女性のパンティと男のボクサーブリーフでは重みが違う。この格好で釣り合っているとは思えない。でも、さすがにすべてを晒《さら》すのは抵抗があった。

（でも、もう……）

口答えできる雰囲気ではない。六課のオフィスに残っているのは秀平と玲子の二人だけ。すでに夜七時半をまわっている。この時間に誰かがやってくることはないだろう。こうなった以上、上司の命令だと思って従うしかなかった。

「どうしたの、見せるの見せないの」

玲子が抑揚のない声で迫ってくる。時間が経てば経つほど、怒りが増幅していくのは目に見えていた。

（一瞬だけ……一瞬だけなら）

もはや逃げ道はなかった。秀平はボクサーブリーフのウエストに指をかけると、意を決して一気におろした。

その瞬間、激烈な羞恥《しゅうち》が全身を駆け巡った。

ついに露わになったペニスは、力なく垂れさがっていた。オフィスで露出していると思うと情けなくなってしまう。熱くなった顔をうつむかせて、下唇を強く嚙《か》みしめた。

どうして、こんなことになったのだろう。

ペニスを見せたことがあるのは、大学時代につき合っていた恋人ひとりだけだ。初体験の相手も彼女だったが、卒業と同時に自然消滅してしまった。以来、女性とは無縁の生活を送ってきた。それなのに、こうして下半身を露出していることが信じられなかった。

「あ……」

玲子が小さな声を漏《も》らした。しかし、それきり黙りこんでしまう。

ペニスを剝《む》き出しにした状態での沈黙はつらかった。股間がスースーして落ち着かない。恐るおそる顔をあげると、彼女は椅子に腰かけたまま、秀平の股間をじっと見つめていた。

玲子の頰が桜色に染まっているのは、パンティを見られた羞恥を引きずっているためだろうか。いや、もしかしたら、男性器を目の当たりにして照れているのかもしれない。いずれにせよ、いつもの玲子とは雰囲気が異なっていた。

腕組みをすることで、乳房の膨らみが寄せられている。ジャケットの襟の間で、白いブラウスがふっくらと盛りあがっていた。

さらに脚を組んでいるため、タイトスカートがずりあがっている。本人はそのことに気づいておらず、ハイヒールを履いた足をぶらぶらさせて、艶《つや》やかなストッキングに包まれた太腿を大胆に晒していた。

（ど、どこを見てるんだ）

胸のうちで自分を戒《いまし》めるが、視線はついつい太腿に向いてしまう。こんなときだというのに、彼女の身体が気になって仕方なかった。

あのスカートの奥には、ピンクのパンティが隠されている。普段は男勝りな玲子だが、意外にも下着の趣味は可愛らしかった。

（うっ……）

そのとき、下半身がずくりと疼《うず》いた。

体中の血液が、股間に向かって流れていくのがわかった。なにしろ女上司の目の前で、ペニスを剝き出しにしているのだ。この異常なシチュエーションが、なぜか心を搔きたてる。いつしか全身が汗ばむほど熱くなっていた。

「あ、あの……もういいですか？」

遠慮がちに尋ねてみる。視線を意識すればするほど、血流がどんどん速くなってしまう。陰茎に変化が起こるのは時間の問題だった。

「まだダメよ」

黙りこんでいた玲子が、我に返った様子でつぶやいた。その直後、股間に向けられていた瞳がキラリと光った。

「ちょっと、どういうこと？」

咎《とが》めるような声が鼓膜を振動させた。玲子はキャスター付きの椅子を滑らせて近づいてくると、秀平のペニスと顔を交互に見やった。

「膨らんでるじゃない」

指摘されて己《おのれ》の股間に視線を向ける。すると、今まさに陰茎が膨張している最中だった。

「こ、これは……」

言いわけを考えている間も、ペニスはむくむく成長していく。なんとか精神力で抑えこもうとするが、一度はじまった勃起はとまらない。意志に反して肉竿《にくざお》は野太く漲《みなぎ》り、亀頭は水風船のように張りつめた。

「なっ……」

さすがの玲子も絶句する。なにしろ、男根は完全に天井を向き、胴体部分に稲妻《いなづま》状の血管を浮きあがらせているのだ。この緊迫した状況で、あり得ないほど雄々しく屹《きっ》立《りっ》していた。

「なんなの、これ？」

玲子が言葉を重ねてくる。部下の失態を見逃さないとばかりに、勃起した陰茎を凝視していた。

「す……すみません」

謝ってすむ問題ではないが、とにかく震える声で謝罪する。それと同時に、下腹に密着する勢いで反り返ったペニスを両手で覆い隠した。

「誰が隠していいって言ったの」

玲子は片足のハイヒールを脱ぎ、ストッキングに包まれたつま先を秀平の股間に伸ばしてくる。そして、必死に隠している両手を左右に払いのけると、硬直したペニスを露出させた。

「絶対に隠したらダメよ」

落ち着き払った声で命じてから、つま先を太幹に触れさせる。ごく軽い刺激だが、秀平はビクッと腰を震わせた。

「うっ……な、なにを？」

スラックスとボクサーブリーフを膝に絡めた状態で、いきり勃《た》った肉棒を剝き出しにしている。それなのにネクタイを締めて、しっかりジャケットも着ているのが、なおのこと恥ずかしかった。

「どうして、こんなこと……」

「ここを硬くした罰《ばつ》よ」

玲子はつま先で男根を撫であげてくる。ストッキングの滑らかな生地が、敏感な裏筋をくすぐっていた。

「ううっ」

「なんなのこれ、カチカチじゃない」

「ま、待ってください」

屈辱的なのに拒絶できない。彼女が上司だというのもあるが、女性の足で性器をいじられるのが思いのほか刺激的だった。

「あなたが悪いのよ。辱めを受けてるはずなのに、こんなに大きくしたんだから」

足の動きは焦《じ》れるほどゆったりしている。太幹の根元から亀頭に向かって、じりじり這いあがってきたかと思うと、再びゆっくりさがっていく。そのたびに秀平は腰をよじり、呻《うめ》き声を漏らすことしかできなかった。

「あら、先っぽが濡れてるわ」

まるで子供の悪戯《いたずら》を見つけたように、玲子が薄笑いを浮かべながら指摘した。

だが、秀平は言われる前から気づいていた。屈辱的なのに、どうしようもないほど昂《たかぶ》っている。玲子がつま先で裏筋をくすぐる刺激に抗《あらが》えず。尿道口から透明な汁が溢れ出していた。

「どういうこと？」

怒っているわけではない。玲子はねっとりした声で尋ねながら、執拗につま先で刺激を送りこんでくる。男根はさらに硬くなり、先端から湧出《ゆうしゅつ》するカウパー汁の量が増えていた。

「どうしてこんなに濡れてるの。ちゃんと答えなさい」

「こ、これは、その……」

直立不動の姿勢で声を絞り出す。こうしている間も、彼女のつま先は根元から先端にかけてを行き来していた。

「ま、真崎さんが……」

「まさか、わたしのせいとか言わないでしょうね」

玲子の声が大きくなる。つま先はカリ首の裏に触れており、軽くクイッと押しこんできた。

「くううっ！」

たったそれだけで、先端から大量の我慢汁が溢れてしまう。透明な汁は裏筋を伝って流れ落ち、ストッキングのつま先に到達した。

「ちょっと足が濡れたじゃない、どうしてくれるの？」

ほとんど言いがかりだが、なにも反論できない。羞恥と屈辱、それに快感が混ざり合い、かつてない妖《あや》しい感覚が下腹部の奥に生じていた。

「くっ……ううっ……も、もう、立ってられません」

膝が小刻みに震えだす。外回りで一日中歩きまわり疲労が溜まっていた。それなのに、こんな仕打ちを受けて、もはや立っていることも困難な状態だった。

「仕方ないわね」

ようやく許してもらえると思ったのも束の間、玲子は唇の端を吊りあげて、近くの椅子を指差した。

「座っていいわよ」

「い……いいんですか？」

膝に絡んでいるボクサーブリーフに手を伸ばそうとする。そのとき、玲子の鋭い声が飛んできた。

「ダメよ、そのままの格好で座りなさい」

命令口調で言われると畏縮してしまう。秀平は拒絶できず、股間を剝き出しにした状態で椅子に座った。

頭上から降り注ぐ蛍光灯の明かりが、屹立した男根を照らしていた。

ふと疑問が湧きあがる。なぜオフィスでペニスを露出させているのだろう。いくら直属の上司とはいえ、こんな命令は理不尽すぎるのではないか。しかも、ペニスはギンギンに屹立しており、先端から大量の我慢汁を垂れ流していた。

(俺……なにやってんだ？)

オフィス内を見まわすと、普段ここで働いている人たちの顔が浮かんだ。まだ六課に異動して日は浅いが、ここはすでに秀平の職場だった。

「や、やっぱり無理です」

椅子から立ちあがろうとしたとき、玲子の姿が目に入った。

「おっ……おおっ」

思わず声にならない声を漏らしていた。

先に立ちあがった玲子がタイトスカートをずりあげて、ストッキングを引きおろしている。クルクルと丸めるようにしながら、染みひとつない太腿の上を滑らせているところだった。

「あなたが濡らしたせいよ」

我慢汁が付着したことを言っているのだろうか、玲子は咎めるような視線を向けてくると、左右のつま先から交互にストッキングを引き抜いた。

さらにはピンクのパンティに指をかけておろしはじめる。まさかと思って見つめていると、彼女は羞恥を誤魔化すように視線を逸らした。

「そんな立派なもの見せるから……全部、あなたがいけないのよ」

なにを言っているのか、意味がさっぱりわからない。とにかく秀平に責任を押しつけると、玲子はパンティを引きおろした。

途端に漆黒の秘毛がふわっと溢れ出す。さらには、ぷっくりと肉厚の恥丘が蛍光灯の下で露わになった。太腿はしっかり閉じられているが、パンティの股布には大きな染みがひろがっていた。

（ぬ、濡れてる……まさか、真崎さんが）

ほんの一瞬だったが間違いない。普段は男勝りの女上司だが、ペニスを悪戯したことで昂ったらしい。パンティがぐっしょり濡れるほど、玲子は大量の愛蜜を溢れさせていた。

足を持ちあげてつま先からパンティを抜き取るとき、股間の奥が微かに光った。華蜜にまみれたサーモンピンクの陰唇が、ほんの一瞬だが確かに見えた。

（あれが、真崎さんの……）

毎日いっしょに仕事をしている女上司の秘めたる場所だ。普段はクールで厳しい玲子も、女陰は牡を誘うように艶《なま》めかしい。異様な興奮に襲われて、頭がパニックを起こしかけていた。

玲子はジャケットも脱いでブラウス姿になった。かろうじてタイトスカートで隠しているが、すでにストッキングもパンティも身に着けていない。その状態で再びハイヒールを履き、ゆっくり歩み寄ってきた。

「な、なにを……」

「じっとしてなさい。これからすることは二人だけの秘密よ」

目の前に立った玲子が見おろしてくる。秀平は魅入られたように、彼女の瞳から視線を逸らせなくなった。

「ひ、秘密……ですか？」

不安と期待が入り混じっている。剝き出しの男根がピクッと跳ねて、玲子が瞳を微かに細めた。

「そう、秘密……いいわね、片山」

念を押されると、秀平はわけがわからないまま頷いてしまう。

完全に彼女のペースだった。女上司の魅力に引きこまれて、有無を言わせぬ迫力に呑まれていた。

玲子は椅子に座っている秀平の肩に手を置くと、いきなり膝をまたいでくる。脚を開くことで、自然とタイトスカートがずりあがっていく。美脚が根元まで露わになると同時に、恥丘を彩《いろど》る陰毛が溢れ出した。

身体は密着するほど近づいている。彼女は脚を大きく開いた格好になり、右手を股間に伸ばしてペニスを握った。

「ううっ……」

「やっぱり太いわ」

玲子が溜め息混じりにつぶやき、ゆっくり腰を落としはじめる。亀頭の先端が柔らかい陰唇に触れて、クチュッと湿った音が響き渡った。

「はあンっ」

玲子の唇が半開きになり、甘い声が微かに漏れる。芳《かぐわ》しい吐息が鼻先を掠《かす》めて、秀平は思わず彼女の腰に手をまわした。くびれた腰に触れたことで、さらに気分が盛りあがった。

「ま……真崎さん」

さらに彼女がヒップを下降させて、亀頭の先端が熱い媚肉の狭間《はざま》に嵌りこんだ。

「くうッ、あ、熱いです」

ヌルリと滑る感触がたまらない。両脚に力が入り、反射的に革靴のなかのつま先が突っ張った。

「ああっ、キミのも熱いわ」

玲子は右手を肩に戻すと、膝をゆっくり曲げて腰をさらに落としこんでくる。長大な肉柱がすべて収まり、互いの股間がぴったり密着した。二人の体重がかかったことで、椅子がギシッと軋《きし》んだ。

「くううッ！」

無数の膣襞《ちつひだ》が波打ち、いっせいに絡みついてくる。太幹はもちろん、張りだしたカリの裏側にまで濡れ襞が入りこんできた。

めていた。

（ま、まさか、こんな……）

女上司と深く繋《つな》がっている。しかも、夜のオフィスだというのが気分をいっそう高めていた。

久しぶりのセックスだ。最後にしたのは大学生のときなので、もう二年近く前だった。あのときは同い年の恋人だったが、今の相手は六つ年上の女上司だ。椅子に腰かけた状態での対面座位で、ペニスが膣のなかにずっぽり埋まっていた。

「こ、これは……ううッ」

鉄棒のように硬直した男根が、とろみのある愛蜜でしっとり包まれて、さらに柔らかい媚肉でやさしく締めあげられる。彼女が腰をくねらせると、四方八方から膣襞で撫でまわされた。

「ま、真崎さん、すごいですっ」

「こういうときは、名前で呼ぶものよ」

玲子が至近距離から見つめてくる。昼間の厳しい彼女からは想像できない、艶っぽい表情だ。視線が重なることで、体だけではなく一時的に心まで繋がっている錯覚に囚《とら》われた。

「れ、玲子さん……すごいです」

言われるまま、思いきって名前で呼んでみる。照れがあったが、ペニスに受ける快感は格段にアップした。

「ああっ、大きい、あなたのすごく大きいわ」

玲子も感度があがっているらしい。陰茎を根元まで呑みこんだ状態で、陰毛同士を擦りつけるように前後に揺すりだした。

「くッ、そ、それ……くううッ」

結合部からクチュッ、ニチュッ、という湿った音が響いて、蕩《とろ》けそうな快感がひろがった。ペニスはますます反り返り、先端が女壺の奥まで到達する。彼女の腰の動きが速くなり、先走り液がとめどなく溢れ出した。

「そ、そんなにされたら……」

「なかでヒクヒクしてるわ……ああンっ」

玲子が鼻にかかった声を漏らして、女壺を思いきり収縮させる。男根に襞が絡みつくのが心地いい。射精欲が急激に盛りあがり、腰が小刻みに震えはじめた。

「お、俺……ううウッ」

もう限界だと思ったそのときだった。どこからともなく、コツコツという音が聞こえてきた。

（だ……誰か来た）

廊下を歩く足音がどんどん近づいてくる。営業部のフロアを通りすぎると、廊下の先にあるのは六課だけだ。ここに向かっているのは間違いなかった。

「警備員さんの巡回だわ」

玲子は耳もとで囁《ささや》くなり、結合を解いて立ちあがる。そして、ペニス剝き出しの秀平を、キャスター付きの椅子ごとデスクに向けた。

これで入口から下半身は見えないはずだ。彼女はずりあがっていたタイトスカートを素早く直し、澄ました顔で秀平の隣に立った。その直後、入口のドアをノックする音が響き渡った。

返事をする前にドアが開け放たれた。

顔を覗かせたのは初老の警備員だ。濃紺の制服に制帽をかぶり、懐中電灯を手にしていた。

「あっ……し、失礼しました！」

時刻は夜八時、普段、六課でこんな時間まで残業している者はいない。だから誰もいないと思いこんでいたのだろう、警備員は慌てた様子で背筋を伸ばした。

（や、やばくないか？）

秀平は言葉を発することができずに固まった。

ほぼ真正面に、警備員が立っている入口が見えた。デスクの陰になっているとはいえ、勃起した陰茎を露出させているのだ。しかも、愛蜜と我慢汁にまみれてヌラヌラと光っていた。

入口にいる警備員には、オフィスに社員が残っていてデスクに向かっているように見えるはずだった。普通なら残業していると思うだろう。だが、警備員がなかに入ってきたら、異変に気づかれてしまう可能性が高かった。

「異常はないでしょうか」

警備員が声をかけてくる。秀平がなにも答えられずにいると、隣に立っている玲子が口を開いた。

「お疲れさまです。とくに変わったことはありません」

彼女もタイトスカートのなかに、なにも身に着けていない。そんな状況でよく平静を装えるものだ。これも営業で多くの人と接して、様々な経験を積んできた賜物《たまもの》かもしれない。平然と応対していた。

「では、失礼いたします」

初老の警備員はいっさい疑うことなく、ビシッと敬礼してから出ていった。

ドアが閉じられて、足音が遠ざかって聞こえなくなるまで、秀平と玲子は身動きせずに黙っていた。

「危なかった……」

大きく息を吐きだすと、隣に立っている玲子も身体から力を抜くのがわかった。冷静に見えたが、彼女も緊張していたのだろう。

(せっかく、いいところだったんだけどな)

残念だが仕方がない。膝に絡んでいたボクサーブリーフとスラックスを引きあげようとする。ところが、玲子が肩に手を置いてきた。

「なに勝手なことしてるの」

濡れた瞳で見つめてくる。秀平は期待と不安に襲われながら、彼女の顔を見あげていた。

「途中でやめるのは、わたしの主義に反するわ。そこに横になるのよ」

反論できる雰囲気ではない。秀平はひと言も返せないまま、上司の命令に従ってリノリウムの床に横たわった。

屹立したペニスを剥き出しにした状態で仰向けになっている。恥ずかしすぎる格好だが、胸の鼓動は速くなる一方だった。

「なかなか素直じゃない」

玲子は唇の端に笑みを浮かべると、ハイヒールを履いた足でまたがってくる。ちょうど股間の真上に立ち、和式便所で用を足すときのように、ゆっくりしゃがみこんできた。

タイトスカートがずりあがり、漆黒の秘毛と濡れ光った陰唇が剝き出しになる。先ほどより濡れて見えるが、もしかしたらスリルが刺激になったのではないか。サーモンピンクの花びらは、物欲しげにウネウネ蠢《うごめ》いていた。

「おっ……おおっ」

亀頭の先端に二枚の陰唇が触れたと思うと、そのまま呑みこまれるように嵌っていく。内側に溜まっていた愛蜜が溢れて、肉胴をぐっしょり濡らしていった。

「ああっ、こ、これ……はああっ」

やはり玲子も欲情していたらしい。警備員が来たことでいったん中断したが、昂りが鎮まることはなかったようだ。一気にヒップを落としこんで、再び根元まで結合した。

「くううッ、れ、玲子さんっ」

女壺がうねり、いきなり陰茎をねぶりあげてくる。快感が全身へと伝播《でんぱ》して、瞬間的に頭のなかが真っ白になった。

夜のオフィスで女上司と騎乗位で繋がったのだ。焦らされたぶんだけ、快楽が大きくなっている。秀平はたまらず呻きながら、興奮のままに両手を伸ばして玲子の乳房に重ねていった。

「あっ、な、なにしてるの」

玲子はゆったり腰を振りながら、戸惑った声を漏らしている。大人しかった秀平が手を出してきたことで驚きを隠せない様子だった。

「お、俺、もう……」

ブラウス越しとはいえ、女上司の乳房に触れている。その事実が興奮に拍車をかけて、震える指で乳房を揉みまくった。

「あンっ、ダ、ダメよ」

彼女が甘い声を漏らすから、なおさらやめられなくなる。ブラジャーのカップがもどかしくて、ブラウスのボタンを上から順に外しにかかった。

「ちょ、ちょっと——ああっ！」

女上司の命令を無視するのは初めてだ。ブラウスの前を開くと、パンティとお揃いのピンクの可愛らしいブラジャーが露わになる。胸の谷間に水玉のリボンがあしらわれたキュートなデザインだった。

「し、失礼します！」

カップを押しあげると、白い乳房がタプンッと揺れながらまろび出た。染みひとつない滑らかな肌をしており、先端では淡い桜色の乳首が揺れている。大きすぎず小さすぎず、程良いサイズの乳房だった。

「おおおっ！」

「ああっ、見ないで」

秀平の感嘆の声を、玲子の羞恥の声が掻き消した。

これまで大胆に振る舞ってきたのに、急に恥ずかしがって身をよじる。そうすることで、女壺に収まったペニスが刺激されて、鮮烈な快感が走り抜けた。

「くううッ、ちょ、ちょっと……そ、そんなに動いたら……」

訴えつつも両手を伸ばし、女上司の乳房を下からゆっくり揉みあげる。ちょうど手に収まる大きさで、指をそっと曲げるだけで柔肉にずぶずぶと沈みこんだ。

「い、いやよ、胸は……小さいから」

どうやらサイズを気にしているらしい。玲子はしきりに恥じらって、手で乳房を隠そうとする。いつも勝ち気な彼女が、こんな反応をするとは驚きだ。普段は決して見せない弱気な表情が、秀平をますます興奮させた。

「柔らかい……すごく柔らかいですよ」

決して手を離すことなく揉みつづける。蕩けるような柔らかさが心地よくて、触れているだけでペニスに受ける快感が膨れあがった。

実際のところ、玲子の乳房は小さいわけではない。しかし、六課では京香と一美が平均よりかなり大きかった。そのせいで少し小さく感じるだけだ。だが、玲子は気にしていたらしい。そんな意外な一面が、年上だけれど可愛らしかった。

「ああンっ、なかで大きくなったわ」

玲子が腰を上下に振りはじめる。両手を秀平の胸板に置き、膝のバネを使ってヒップを弾《はず》ませた。

「す、すごい……おおおッ」

「あッ……あッ……」

秀平が快楽の呻きを漏らせば、玲子も切れぎれの喘ぎ声を溢れさせる。結合部から湿った音が響き渡り、オフィスの空気を淫らに染めあげていった。

「ま、まさか、玲子さんとこんなこと……くううッ」

両手で乳房を揉みまくり、先端の乳首を指の股に挟みこむ。キュッと刺激を加えれば、連動して膣が思いきり収縮した。

「あああッ！」

「くおッ、し、締まるっ」

カウパー汁が溢れて、腰が小刻みに震えはじめる。射精欲が盛りあがり、奥歯をぐっと食い縛《しば》った。

「あンっ……ああンっ……胸はダメだって言ってるのに」

玲子は恨めしげにつぶやくが、腰の動きは加速する一方だ。ヒップを持ちあげては勢いよく打ちつけて、長大な肉柱を女壺でヌプヌプと擦りあげた。

「うおッ、そ、そんなにされたら、お、俺……」

「ま、まだよ……ああッ、まだダメよ」

腰を振りながら、玲子が言葉をかけてくる。秀平は懸命に耐え忍び、白い乳房を揉みまくった。

「くううッ、き、気持ちいい、おおおおッ」

もうこれ以上は我慢できない。そう思ったとき、玲子が腰をぶるぶると震わせた。

「はンっ、はあああッ！」

彼女も昂っているのは間違いない。腰の動きがさらに速くなり、蜜壺が意思を持った生き物のように激しくうねった。

「も、もう無理ですっ、ううぅッ、もう出ちゃいますっ」

大声で訴えた直後、ついに女壺のなかでペニスが痙攣《けいれん》した。股間を突きあげると同時に、先端から沸騰したザーメンが噴きあがった。

「おおおッ、で、出るっ、ぬおおおおおおッ!」

「あああぁッ、熱いっ、はあああッ、あぁあああああああッ!」

玲子の唇からも甲高《かんだか》いよがり泣きが響き渡る。大量の精液が膣粘膜を直撃して、二人同時にオルガスムスの嵐に呑みこまれた。

凄まじい快楽が全身を包みこんでいる。秀平は乳房を揉み、乳首を指先で転がしながら、何度も股間を突きあげた。

どうして、こんなことになったのかはわからない。それでも、今はこの夢のような快楽を享受していたかった。

彼女のくびれた腰を抱き寄せる。すると、玲子は抵抗することなく、胸板に倒れこんできた。どちらからともなく唇を重ねて、ねっとり舌を絡め合う。甘露《かんろ》のような唾液が流れこんできて、秀平は感激しながら飲みくだした。

第二章　快感はメールから

1

今日も秀平は玲子と二人で外回りの営業に出ていた。

電車の座席に並んで座り、これから訪問する店の資料に目を通している。ところが、内容がまったく頭に入ってこなかった。

玲子と身体を重ねてから三日が経っていた。

あの晩の出来事が頭のなかをぐるぐるまわっている。女上司とのセックスは、かつてない快感と興奮をもたらせてくれた。夜のオフィスというシチュエーションもスリルがあって、一生忘れることのできない体験となった。

あの夜、すべてを終えた二人はそそくさと身なりを整えて別れた。

これからどうなるのか、まったくわからなかった。玲子はどういうつもりで身体を開いたのだろう。でも、セックスしたのだから、ここから交際がスタートしてもおかしくないと思った。

翌朝、期待に胸を膨らませながら出勤した。しかし、玲子の様子は普段と変わらなかった。二人で外回りをして、会社に戻ると営業報告書を書いて退社する。交際どころか、あの夜の話をすることすらできない雰囲気だった。

こうして並んで座っている今も、彼女は澄ました顔で資料を読んでいる。肩が触れ合っているのに、まったく気にしている様子はなかった。

(俺のことは、遊びだったのかな……)

そう考えると淋しくなる。でも、彼女の態度を見ていると、一夜の関係だったと思うしかない。一回きりなのは残念だが、麗《うるわ》しい女上司とのセックスは最高の思い出だった。

(ああ、玲子さん)

横顔を見つめて、胸のうちで呼びかけてみる。

あの夜限定だったが、彼女のことを名前で呼び、女壺に男根を挿入したのは紛れもない事実だった。

「どこ見てるの？」

いきなり玲子がこちらを向き、鋭い目つきでにらみつけてきた。それだけで秀平は気圧されて、おどおどと視線を逸らした。

「店の情報をしっかり頭に叩きこんでおきなさい。今日はひとりでまわってもらうのよ。忘れたわけじゃないでしょうね」

「は、はい……でも……」

つい弱気な声を漏らしてしまう。昨日から告げられていたが、やはりひとりで営業するのは自信がなかった。

「一課でも営業をやっていたんだから問題ないでしょう」

「そ、それは、そうですけど……」

確かに一課に在籍していたときも、ひとりで営業をやっていた。しかし、新規の開拓ではなく、秀平が担当していたのはルート営業だ。つまり、すでに契約している店をまわって新製品を紹介したり、売場作りの提案などをしていた。

なにより、一課ではジャイアントカレーという主力商品を扱っている。商品名を出せば、門前払いされることはまずなかった。ところが、六課には売りとなる商品がないので、まず話を聞いてもらうまでが大変だった。

「いつまでも二人というわけにはいかないの。とにかく、今日から四日間は試しにひとりでまわってみなさい」

「わかりました……」

いつかはひとり立ちしなければならない。それは営業部にいる以上、どの課に行っても当然のことだった。

とりあえず、今のうちに資料に目を通すことだ。情報が頭に入っていれば、契約の交渉をするとき武器になるだろう。この資料を作ってくれたのは、データ解析能力には定評のある中垣唯だ。会社では人と話すことはなく一日中パソコンと向き合っているが、彼女が作成するマーケティングデータは完璧だった。

「しっかりやりなさい」

電車を降りると、玲子はそう言って背中を向けた。突き放すようでありながら、発《はっ》破《ぱ》をかけられた気もした。

「はい、がんばります」

元気に返事をしたものの、ひとり残されると急に心細くなった。

彼女は他の店をまわることになっている。今日は夕方まで単独で行動して、それぞれ会社に戻る予定だった。

とにかく、やるしかない。不安でならないが、いい結果を出せば玲子に認めてもらえる。これは自分をアピールするチャンスでもあった。

唯が作ってくれた資料には、個人商店が十店ほど記載されている。片っ端からまわり、なんとしても契約に結びつけたかった。

（よし、行くぞ）

気合いを入れて、まずは一軒目の『沢松《さわまつ》商店』に向かう。裏通りにポツンとある小さな店舗だった。

白地の看板に黒い文字で『沢松商店』と書いてある。二階が住居になっている個人商店で、あまり繁盛しているようには見えない。秀平が初めて挑戦するには、ちょうどいい感じの店だった。

ジャケットの内ポケットに名刺が入っているのを確認すると、思いきって正面から店に入っていく。自動ドアが開いて、来客を告げるピンポーンという電子音が響き渡った。

「こんにちは」

「はーい、いらっしゃい」

カウンターのなかで新聞を読んでいた初老の男性が顔をあげた。だが、新聞はひろげたままで、椅子から立ちあがる素振りもなかった。

「わたくし、樽橋フーズ営業部の片山秀平と申します」

名刺を取り出すと、丁重に頭をさげながら差し出した。すると、彼は面倒臭そうに新聞を畳んで受け取った。

「店主の沢松ですけど、今日はなにか？」

「突然すみません。うちのレトルト食品を取っていただけないかと思いまして、本日はおうかがいさせていただきました。お話だけでも――」

「うちは結構」

沢松はきっぱりした口調で秀平の言葉を遮《さえぎ》ると、再び新聞をひろげた。

「見ればわかるだろう、うちに置いたって売れるわけない。近くにコンビニができてから、客足はさっぱりだ」

店内は電気代を節約するためか薄暗く、棚に置かれた菓子の箱にはうっすら埃《ほこり》がかかっている。とても客を迎える雰囲気ではない。はっきり言って、まるでやる気が感じられなかった。

資料によると、店主はアパートを持っており、そちらから安定した収入があるようだ。だから、無理をして店を盛りあげるつもりがないのだろう。しかし、これで引きさがるようでは営業は務まらない。

「女性向けのヘルシーシリーズという新商品がありまして、こちらをぜひ置いていただけないでしょうか」

カラーのチラシを出してカウンターに置くが、沢松はいっさい見ようとしないばかりか聞こえよがしに舌打ちをした。

「あんたもしつこいね。テレビＣＭでやってるアレならともかく、ヘルシーなんていらないんだよ」

なんとか食いさがるつもりだったが、怒らせてしまった。もはや、まともに話せる状態ではない。これ以上粘っても無駄なので早々に退散した。

（ううむ、これは思った以上にむずかしいぞ）

今さらながら、六課の厳しさを感じていた。

やはり、樽橋フーズはジャイアントカレーのイメージが強いらしい。女性向けの商品だけを扱っている六課が契約を取るのは、並大抵のことではなかった。

いったん近くの公園に寄ってベンチに座ると、唯が作ってくれた資料にもう一度目を通す。これからまわる地域の店について、彼女がその特徴をまとめてくれているが、しっかり戦略を立てなければ先ほどと同じ結果になるだろう。

資料には地図も添付されており、近隣のすでに契約している店と周辺の主な施設が色分けしてマーキングされていた。さらに契約店の客層と売れ筋商品がグラフになっている。大学や高校の近くにある店は、十代から二十代の客が多く、ボリューム感のある男性向けの商品が売れていた。

（なるほど、これだな）

無闇に営業するのではなく、商品と客層が合っている店を選んだほうが効率はあがるだろう。

地図をよく見ると、フィットネスジムがいくつかある。六課で扱っているのはヘルシー志向の商品なので、この周辺なら可能性があるかもしれない。秀平は訪問する店を絞り、営業する戦略を立てていった。

ひとりでまわるようになって四日が経った。

（やった、ついにやったぞ）

秀平は駅から会社に向かう歩道を足早に歩いていた。

すでにあたりは薄暗くなっている。商談が思ったよりも長引いて、予定よりも遅くなってしまった。

訪問する店を厳選したことで話を聞いてもらえるようになり、それなりに手応えを感じていた。とはいえ、なかなか契約は取れなかった。

そして今日、最後に向かった『岸谷マート』という個人商店で、試しにヘルシーシリーズを置いてもらえることになったのだ。六課に異動して初めて、小口ながら仮契約を結ぶことに成功した。

（きっと、玲子さんも……）

普段は厳しい玲子だが、今回は喜んでくれるに違いない。早く報告したくて、自然と小走りになっていた。

（中垣さんのおかげだな）

眼鏡をかけた唯の顔が脳裏に浮かんだ。

彼女が作成した詳細なマーケティングデータがあったからこそ、フィットネスジムの近くにある店舗でヘルシーシリーズを売りこむことを思いついた。仮契約できたのは、その作戦が上手く嵌った結果だった。

（あっ、そうだ）

会社の近くにある洋菓子店の前でふと足をとめた。

唯にお礼のケーキを買っていこうと思った。感謝の気持ちを伝えたいが、彼女は人間不信なので直接話すことができない。メールでは伝えきれないので、ケーキに気持ちをこめることにした。

定時の五時を過ぎたので派遣の二人は退社しているが、他のみんなは残っているかもしれない。ショートケーキやチーズケーキなど五つを選び、保冷剤とともに箱につめてもらった。

みんな喜んでくれるだろう。スキップしたい気持ちを抑えて会社に向かった。

エレベーターで二階にあがり、廊下を突き当たりまで進んだ。一応、ノックしてから勢いよくドアを開け放った。

「ただいま戻りました！」

つい声が大きくなってしまう。もはや喜びを抑えられなかった。

ところが、六課のオフィスは静まり返っていた。派遣の二人はもちろん、玲子も京香も一美の姿もない。フロアにいるのは唯ひとりだけだった。時刻はまだ五時半なので、誰か残っていると思っていた。

「あれ……みなさん帰っちゃったんですか？」

唯に声をかけると、彼女は顔をあげて壁にかかっている行動予定表を見やった。

六課のメンバーが外出する際、行き先を書きこむホワイトボードだ。そこには「十七時半、決起集会」と大きく書いてあった。

「やばっ、忘れてた」

目にした瞬間に思い出す。今日は営業部の決起集会がある日だった。契約を取ることに必死で、すっかり失念していた。会場は会社の近くにある居酒屋だ。すでに他のメンバーは向かったようだった。

「途中まで覚えてたんですけど、商談しているうちに忘れてしまいました」

決起集会を忘れていたのはまずいが、今は仮契約が取れたのが嬉しくて、早く目の前の唯に伝えたかった。

「じつは仮契約が取れたんです。お試しでヘルシーシリーズを置いてもらえることになったんですよ。六課に来て、初めてだからすごい嬉しくって。これというのも、中垣さんの資料のおかげです、ありがとうございました！」

礼を言うが、唯は戸惑った様子でパソコンのモニターに視線を戻してしまう。照れているのか、こちらを向こうとしなかった。

「資料をもとに説明したから、説得力も出たはずです。中垣さんのデータ、本当にすごいですよ。俺ひとりだったら、絶対に仮契約できませんでした。なんだか、中垣さんと二人でやり遂げた気分です」

誰かに喜びを伝えたくて、感謝の言葉をまくしたてる。唯はモニターを見つめたままで、いっさい反応しなかったが、仮契約が取れた興奮で他のことが考えられない状態になっていた。

「そうそう、これ買ってきたんです。よかったら食べてください。みなさんの分もあるんですけど、給湯室の冷蔵庫に入れておきますね」

手にしていたケーキの箱を軽く持ちあげると、唯は瞳だけを動かして、こちらを見た。ところが、それだけで口を開こうとしない。ほんの一瞬、視線が重なると、彼女は慌てて眼鏡のブリッジを指先で押しあげた。

「あっ……す、すみません」

はっとして謝罪する。唯が人嫌いだったことを、今ごろになって思い出した。

唯に直接話しかけてはいけなかった。用事があるときは、メールでやりとりするようにと京香から言われていた。普段は気をつけていたのに、つい浮かれて延々と話しかけてしまった。

「あんまり嬉しくって……すみませんでした！」

懸命に謝罪しても唯はこちらを見てくれない。こうして謝っているのさえ、彼女にとっては苦痛なのだと気がついた。

（そうか……これもダメなんだよな）

秀平はそれ以上はなにも言わず、深々と腰を折った。

ひとりで浮かれていたことが恥ずかしくなる。唯の気持ちも知らず、興奮してしゃべりつづけてしまった。ケーキの箱を給湯室の冷蔵庫に入れると、無言のまま自分のデスクに向かった。

2

急いで営業報告書を作成した。

すでに十八時半になろうとしているが、まだ決起集会はつづいているだろう。途中からでも参加しようと、帰り支度に取りかかった。

斜め向かいの席では、唯がブラインドタッチでキーボードを叩いていた。眼鏡のレンズに、モニターの光が微かに映っている。彼女はデータ分析のエキスパートだ。六課のみんなのために、様々な資料を作成しているのだろう。

（お先に失礼します）

話しかけることはできないので、心のなかでつぶやいて立ちあがる。そして、ドアの横にあるタイムカードを手に取った。

そのとき、ジャケットの内ポケットのなかでスマホが振動した。

「ん？」

タイムカードを手にしたままスマホを確認する。意外なことに、唯からメールが届いていた。

『待って』

画面に表示されたのは、たったひと言だった。

思わず彼女に視線を向けるが、澄ました顔でモニターを見つめていた。だが、右手にはスマホを握りしめている。表情からはなにも読み取れないが、メールの文字から普段は口を開かない唯の意思が伝わってきた。

（まさか、中垣さんから……）

こちらのメールに返信してくることはあっても、彼女から積極的に送られてくるのは初めてだった。しかも、いつもは仕事の資料をメールに添付してくる以外は、必要最小限のことしか書かれていなかった。

秀平はタイムカードを打つのをやめて、自分の席に戻って腰をおろした。その直後、再びスマホが振動してメールの着信を伝えた。

『久しぶりに話しかけられて嬉しかった』

意外な言葉だった。

先ほどはつい無神経に話しかけてしまったが、心配していたほど苦痛ではなかったようだ。それでも、彼女は相変わらずモニターを見つめており、こちらに視線を向けようとはしなかった。

『突然、話しかけてしまって、すみませんでした』

秀平はメールで謝罪した。先ほどもメールで謝ればよかったのだが、動転していて思いつかなかった。

唯のスマホが着信音を響かせる。彼女は確認すると同時に、驚異的なスピードで文字を打ちこみ、瞬時に返信が届いた。

『驚いたけど大丈夫。仮契約、取れてよかったね。おめでとう。今日も一日お疲れさま』

いつも無表情な唯が、労《ねぎら》いの言葉をかけてくれる。会話がないので忘れがちだが、彼女は営業六課の主任だった。

『中垣さんの資料が役に立ちました。あらためまして、ありがとうございます』

普段はスマホでメールをする相手がいないので、秀平が文字を打ちこむのはかなり遅い。それでも、彼女は苛々する様子もなく待ってくれた。

『わたしのマーケティングが参考になったのなら作成した甲斐があるわ。玲子さんは使ってくれないから』

またしても高速で返信してくる。玲子が資料を使っていないとは意外だった。営業成績をあげるためなら、なんでも利用すると思ったが、人の力を借りることに抵抗があるのかもしれない。

『俺はとってもありがたかったです。できれば、またお願いしたいです』

秀平がメールを送ると、唯は初めて少し考えこんでから文章を打ちこんだ。

『こちらこそ、ありがとう。男性からのプレゼント、久しぶりなの』

ケーキのことを言っているのだろう。先ほど彼女はチラリと見ただけだったので、甘い物は嫌いなのかと思っていた。でも今は、そんなことより男性からのプレゼントが久しぶりという一文が気になった。

『俺も考えてみたら、女性にプレゼントするのは久しぶりでした』

すぐ目の前にいる相手とメールで会話するというのは、我に返るとおかしな状況だ。それでも、唯が心を開いてくれたのが嬉しくて、秀平は真剣に文字を打ちこんで返信した。

『そうなの？　秀平くん、モテそうだけど』

彼女から名前を呼ばれて、一気に距離が縮まった気がする。言葉を交わしたことはなくても、普通に話しているような感覚になってきた。

『全然モテませんよ。大学のときに初めて彼女ができたけど、卒業して自然消滅しちゃいました。それから、なにもありません』

玲子のことはあえてなにも言わなかった。正式に交際しているならまだしも、一夜だけの関係を告白する必要はないだろう。知られてしまったら、仕事に支障をきたすだけだと思った。

『わたしも、二年前に初めての彼氏と別れて、それきりなの』

唯はずいぶん考えこんでからメールを打ちこんだ。

彼氏の話をすることに、迷いがあったのだろう。それでも、こうして教えてくれたのだから、彼女も距離が縮まったと感じているのかもしれない。互いに交際した人はひとりだけという共通点から、自然と親近感を覚えていた。

『どうして、別れてしまったんですか？』

不躾《ぶしつけ》と思ったが尋ねてみる。メールだからこそ、いきなり直球の質問をぶつけることができた。普通に会話をしていたら、とてもではないが聞けなかっただろう。

微かに息を呑む気配がした。

彼女の顔を見やるが表情は変わらない。それでも、頬がわずかに紅潮している気がした。

『じつは結婚する予定だったの。でも、結婚式当日に逃げられて……滑稽《こっけい》でしょ』

時間を置いて返ってきたメールに記されていたのは、驚くべき内容だった。

結婚式当日に逃げられたということは、参列する予定だった人たち全員に知られてしまったはずだ。彼女の苦悩を思うと、いたたまれない気持ちになった。

『あのときは四課だったわ。そこから会社中にひろまって、もう誰にも会いたくなくなって……』

『彼氏のことだけでも大変だったのに、会社でも嫌な思いをしたんですね』

『完全に心を閉ざしていたわ。仕事が手につかなくて、会社を辞めようと思っていたとき、課長が声をかけてくれたの。六課に来ないかって』

唯が苦しんでいるのを知って、京香が助け船を出してくれたという。

六課は変わり者の集まりなので、他人に干渉することはまずない。同じ課にいながら、京香以外は仲間意識が希薄だった。だから、極端な人間不信になった唯でも仕事をつづけることができたのだろう。

『でも、どうして俺に教えてくれたんですか？』

素朴な疑問をメールしてみる。すると、返信が届くまで少し間があった。ずいぶん考えこんでいるようだった。

『わからないけど、秀平くんなら話を聞いてくれる気がしたから』

苦しい胸のうちを、誰かに打ち明けたかったのかもしれない。でも、これまでは話せる相手がいなかったのではないか。

『俺でよかったら、いつでもメールしてください。って言っても、聞くことしかできませんけど』

恋愛経験は一度しかない。男女のことを相談されたところで答えられるはずがなかった。それでも、彼女が誰かに話したいと思ったとき、愚痴をこぼしたいと思ったとき、聞くことくらいはできるはずだ。

『話すことで、楽になれるかもしれないですから』

さらに一文だけ送信すると、唯はスマホを見つめた格好で固まった。

眼鏡のレンズがモニターの明かりを反射しているため、表情が読み取れない。やがて彼女はうつむき、垂れかかる黒髪で顔を隠してしまった。

（なんか、まずかったかな……）

調子に乗って、余計なことを言ってしまったかもしれない。単純にコミュニケーションを取れたことが嬉しかったが、彼女の苦しみを理解できたわけではなかった。

『なんか、すみません』

メールを打ちこんでいるとき、視線を感じて顔をあげた。すると、唯がまっすぐこちらを見つめていた。

（なっ……ど、どうしたんだ？）

視線が重なり、秀平のほうがうろたえてしまう。まさか、唯がメール以外でコミュニケーションを計ってくるとは意外だった。

「あ、あの……」

唯の声を初めて聞いた。

聞き取るのがやっとの小さな声だが、耳に心地よい響きだった。ところが、ひと言だけで精いっぱいだったらしい。彼女は再びスマホに視線を落とすと、高速でメールを打ちこんだ。

『ずっと淋しかった』

これまでとはテンションの異なる言葉だった。

いったい、どういう意味だろう。彼女の言いたいことがわからず、秀平は思わず首をかしげていた。

3

ふと見ると、唯が熱い眼差《まなざ》しを向けていた。

またしても視線が重なるが、もう彼女は逸らそうとしない。それどころか、震える唇をゆっくり開いた。

「もう……吹っ切りたいの」

唯自身の声だった。

眉を八の字に歪めて、ひどく悲しげな表情になっている。メールの平坦な文面ではなく、生の声で切実な思いを伝えてきたのだ。

「な……中垣さん」

普段は無表情な彼女が、初めて感情を露わにした。なんとかして応えてあげなければと、秀平は心から思った。

唯はずっと苦しんできたに違いない。フィアンセに逃げられてから人を信じられなくなり、心を閉ざしてしまった。それでも、本心では誰かと交流したいと望んできたのではないか。

「お、俺……」

秀平は戸惑いながら唯の瞳を見つめ返した。

しかし、どうすればいいのかわからない。彼女の悲しみを癒し、過去の呪縛から解き放つ方法など、そう簡単に見つかるはずもなかった。

唯がふらりと立ちあがる。そして、秀平の目を見つめたまま、ゆっくり歩み寄ってきた。眼鏡越しに見える彼女の瞳が潤んでいる。今にも決壊しそうなほど、たっぷりの涙を湛《たた》えていた。

「秀平くん……」

目の前に立った唯が呼びかけてくる。もうスマホは必要なかった。

握りしめていたスマホをデスクに置くと、彼女がそっと手を重ねてきた。ひんやりした手だった。唯の瞳に吸い寄せられるようにして立ちあがる。さらに距離が近くなり、彼女が胸もとから見あげてきた。

しばらく沈黙が流れたのち、唯が震える声で告げた。

「今だけ……わたしの秀平くんになってくれる？」

唯の顔は真っ赤に染まっている。この言葉を口にするのに、どれほどの勇気が必要だったか、考えるだけで胸が締めつけられた。

「は……はい」

緊張のあまり声が掠れてしまう。それでも、意を決して力強く頷いた。

「よかった」

ひとり言のようにつぶやき、唯が胸板に頬を押し当ててくる。秀平は困惑しながらも、彼女の背中にそっと手をまわした。

「あっ……」

ジャケットの上から触れただけで、唯は驚いたように肩をすくませる。温《ぬく》もりを求めているはずなのに、彼女の身体は硬直していた。

（よっぽど、つらかったんだな）

きっと条件反射で身構えてしまうのだろう。できるだけやさしく背中を撫でると、唯はこらえきれない嗚咽《おえつ》を漏らしはじめた。

「うっ……うぅぅっ」

泣かせてあげたほうがいいと思った。秀平はあえて言葉をかけることなく、ただ背中を擦りつづけた。

どれくらい、そうしていただろう。

唯は指先で目もとを拭《ぬぐ》いながら顔をあげた。眼鏡のレンズの向こうに見える瞳はまだ潤んでいる。身体はぴったり密着したままだ。じっと見つめられると、それだけで胸の鼓動が速くなった。

唯は口づけをねだるように微かに顎を持ちあげて、そっと睫毛《まつげ》を伏せていく。さくらんぼのように艶やかな唇が、すぐ目の前に迫っていた。

（い、いいのか……本当に？）

逡巡したのは一瞬だけだ。彼女を癒したいという思いはもちろんだが、二十八歳の女体に惹かれていた。

オフィスで四つ年上の主任に求められている。玲子との一夜を思い出し、胸の奥がチクリと痛んだ。しかし、ロングの黒髪から漂ってくる甘い香りが、罪悪感を打ち消した。

今は唯を癒してあげたい。そのことだけを考えて、そっと唇を重ねていった。

「ン……」

唯は微かに鼻を鳴らすが、顔をそむけたりはしない。顎をあげたまま、身動きひとつしなかった。だが、積極的に振る舞うこともない。身を硬くしており、ただ唇を差し出しているだけだった。

無理もない。なにしろ、フィアンセに逃げられてから、ろくに人と口をきいていなかったのだ。こうして、自ら過去を吹っ切ろうとしているだけでも、奇跡的な前進と言っていいだろう。

(柔らかい……とっても柔らかいですよ)

秀平は心のなかで繰り返した。

日がな一日パソコンに向かっている彼女でも、唇は瑞々しくて柔らかい。普段の無表情が嘘のように頬を上気させた姿も、秀平のなかの牡を駆りたてた。

舌を伸ばして、唯の唇をそっとなぞってみる。女体がピクッと震えるが、彼女は逃げようとしなかった。顔を上向かせて、されるがままになっている。眉尻を困ったようにさげている表情が、ますます秀平を昂らせた。

彼女の唇の狭間に、舌先を滑りこませる。すると、芳しい吐息が溢れ出し、思わず大きく吸いこんだ。

「あふっ……」

唯は唇を開くが、まだ身体は硬直していた。

歯茎をくすぐるように舐《な》めて、さらに深く舌を侵入させる。決して焦らず、じっくりゆっくり這わせていく。そして、奥で縮こまっていた舌を搦《から》め捕り、粘膜同士をヌルヌルと擦り合わせた。

「はンっ……ンふぅっ」

彼女の唇から漏れる声が、少しずつ艶を帯びていく。とろみのある唾液を啜《すす》りあげて飲みくだすと、頭の芯がジーンと痺れはじめた。

(ああっ、なんて甘いんだ)

今さらながら、唯とキスしていることが信じられない。女性の扱いに慣れているわけではないが、彼女を元気づけたい一心だった。

反対に秀平の唾液を口移ししてみる。少しでも嫌がったらすぐやめるつもりで、舌伝いにトロトロと流しこんだ。唯は戸惑った様子を見せたが、抗うことなく喉を鳴らして嚥下《えんげ》した。

互いの唾液を交換したことで、ひとつ壁を乗り越えた気がする。彼女も遠慮がちに舌を伸ばし、秀平の口内を舐めまわしてきた。心の距離が確実に近づき、情熱的に舌を絡め合わせていった。

「あンンっ……秀平くん」

「ううっ……ゆ、唯さん」

思いきって名前で呼んでみる。男と女が情を交わすときは、こうするべきだと教えてくれたのは玲子だった。互いに名前を呼び合うことで、さらに心が通うような気がした。

そっと唇を離すと、透明な唾液がツーッと糸を引く。至近距離で見つめ合い、再び唇を重ねていった。

彼女の唾液を味わいながら、右手を女体に這いまわらせた。ジャケットの上から乳房に触れて、唯が抵抗しないのを確かめる。そして、今度は白いブラウス越しに、大きな膨らみを撫でてみた。

「そ、そこは……」

唯はキスを中断して、上目遣《うわめづか》いに見つめてくる。それでも身体を離そうとしないので、嫌がっているわけではないだろう。この様子なら、キスから次の段階に進んでも大丈夫だと判断した。

かなり高揚していたが、懸命に気持ちを抑えこんだ。とにかく、彼女を怖がらせないように注意して、慎重に揉みあげる。ブラジャーのカップごと、ゆったりした動きを心がけた。

「あっ……ンンっ」

微かに身をよじるが抗うわけではない。唯は両手を秀平の腰に添えて、潤んだ瞳で見あげてくる。黙りこんでいるが、眼鏡をかけた生真面目そうな顔には困惑と期待の色が浮かんでいた。

（よ、よし、この調子だ……）

秀平は自分自身に言い聞かせて、唯の双《ふた》つの乳房を交互に揉みしだく。服の上からというのがもどかしいが、彼女の心を開かせるのが最優先だ。反応を見ながら、慌てることなく愛撫した。

そろそろ頃合いだと思って、唯のジャケットを脱がしていく。彼女は素直に従ったが、ブラウスのボタンに指をかけると不安げな瞳を向けてきた。

「誰か来たら……」

オフィスだと思うと抵抗があるのだろう。でも、彼女自身、高まっているのは間違いない。秀平に寄り添ったままなのが、なによりの証拠だった。

「この時間なら、もう誰も来ないから大丈夫ですよ。警備員さんの巡回も、まだ先ですから」

安心させるように声をかける。絶対の保証はないが、誰かが廊下を歩いてくれば足音が聞こえるはずだった。

もう唯はなにも言わずに黙りこんだ。

それを了承と判断して、ブラウスのボタンを上から順に外していく。襟もとがはらりと開き、純白のブラジャーが見えてくる。レースで縁取られたカップが、たっぷりとした乳房を覆っていた。

（おおっ！）

漏れそうになった声をギリギリのところで呑みこんだ。

思いのほか谷間が深くて、視線が釘付けになってしまう。着痩せするタイプなのか、それとも物静かなので気づかなかっただけなのか、とにかく見るからに大きな乳房だった。

（こ、これが、唯さんの……）

秀平は両目を見開き、前のめりになって凝視した。

ブラウスのボタンをすべて外すと、肩を滑らせて抜き取った。これで彼女が上半身に着けているのは白いブラジャーだけだ。細い鎖骨とくびれた腰が、ただでさえ大きな乳房を強調していた。

「恥ずかしい……」

唯はブラジャーの上から胸を抱いて隠そうとする。年上の女性がそうやって恥じらう姿が、秀平のなかの牡を刺激した。

両手を彼女の背中にまわして、やさしく抱きしめる。本当は心臓がバクバク音を立てているが、唯を不安がらせないように冷静なふりを装った。

「ら、楽にしてください」

「あっ……」

背筋を撫であげると、彼女はくすぐったそうに肩をすくませた。

どうやら、感度はかなりいいらしい。滑らかな肌が心地よくて、秀平はゆったり背中を擦りつづけた。

「はンンっ……秀平くん」

唯が鼻にかかった声を漏らして、腰をくねらせはじめる。いつしか、こわばっていた身体から力が抜けていた。

(そろそろ、いいかな)

震える指先をブラジャーのホックに伸ばしていく。唯はなにをされるか悟り、秀平が作業しやすいように動きをとめた。苦労しながらホックを外すことに成功する。その途端、大きな乳房が弾みながら溢れ出た。

「ああっ！」

あの無口だった唯が艶めいた声を放った。

恥じらいを浮かべた表情は女らしく、瞳はうるうる潤んでいる。ブラジャーを腕から抜き取れば、困惑した様子で腰をくねらせた。いつも無表情でパソコンに向かっていた唯が、これほど変わるとは驚きだった。

「こ、これは……」

秀平は言葉を失っていた。唯の乳房はそれほどまでに大きかった。

滑らかな柔肌は、まるで新鮮なメロンのように張りつめている。乳首はいかにも経験が少なそうな、肌色に近い薄ピンクだった。しかし、先ほどの愛撫で感じたのか、ピンピンに尖《とが》り勃《た》っていた。

「そんなに見ないで」

唯は小声でつぶやき、手のひらで乳房を覆った。胸の前で腕をクロスさせて、羞恥に潤んだ瞳で見つめてきた。

「す、すごく、大きいんですね」

ほとんど無意識に手を伸ばし、彼女の腕を引き剥《は》がして乳房を揉みあげる。下から掬《すく》いあげるようにすると、たっぷりとした重みが感じられた。

「ああンっ、いや……」

「おおっ、しかも柔らかい」

指を軽く曲げるだけで、あっという間に乳肉のなかに沈んでいく。かつてこれほど柔らかいものに触れたことはない。風船のように張りつめているのに、熟した果実かと思うほど蕩けた乳房だった。

「ンっ……ンっ……」

双乳を揉みあげるたび、唯の唇から抑えた声が溢れ出す。感じているのに、声を聞かれるのが恥ずかしいのだろう。腰をよじらせつつも、下唇を小さく噛んでいる姿が意地らしかった。

もっといやらしい声が聞きたくて、指先を徐々に先端へと滑らせていく。いよいよ乳輪が近づいてくると、焦らすように周囲をくすぐってから、いきなり双つの乳首をキュッと摘《つま》みあげた。

「ああっ、そ、そこはダメぇっ」

ついに唯が甘い声を迸《ほとばし》らせる。肩を小さく跳ねあげた反動で、乳房が重たげに波打った。

「こ、ここが感じるんですね」

乳首は充血して硬くなっている。乳輪までドーム状に迫《せ》りだしており、指先で転がすたびに彼女は腰をくねらせた。

「あっ、ダ、ダメっ、ああっ」

もう声を我慢できないらしい。唯は小さく首を振りたくると、眼鏡のレンズ越しに見あげてきた。

「わたしだけなんて……」

なにをするのかと思えば、秀平の股間に手を伸ばしてくる。そして、スラックスの膨らみに、手のひらをそっと重ねてきた。

「うっ……な、なにを？」

すでにペニスはこれでもかと硬直している。ボクサーブリーフのなかで思いきり反り返り、先端からカウパー汁が大量に溢れていた。

「硬い……」

唯はぽつりとつぶやき、膨らみを撫でまわす。ねちっこい手つきで擦られて、新たな我慢汁が噴き出した。

「くううっ、唯さんが、こんなことを……」

「秀平くんも……見せて」

彼女の指先がベルトを外したかと思うと、ファスナーもおろしていく。さらにはスラックスとボクサーブリーフをずりさげられて、青筋を浮かべるほど屹立したペニスが勢いよく跳ねあがった。

「うわっ！」

「やだ、すごい」

陰茎を目の当たりにした唯が息を呑んだ。

男性器を見るのは久しぶりなのだろう。唇をわななかせるが言葉にならない。彼女の心に浮かんでいるのは羞恥なのか恐怖なのか、それとも興奮なのか。とにかく、耳まで真っ赤にしながら、視線を逸らそうとしなかった。

「秀平くんって見た目は大人しいのに……ここはこんなに……」

唯が恐るおそるといった感じで手を伸ばしてくる。そして、胴体部分に指を巻きつけると、太さを確認するように何度も握り直した。

「硬くて、熱い」

「ちょ、ちょっと……」

慌てる秀平だが、彼女は手を離そうとしない。陰茎をしっかり握り、秀平の顔を見あげてくる。視線が重なることで快感が増幅して、亀頭の先端から新たなカウパー汁が滲み出した。

「さ、触られていると……うむっ」

「濡れてるわ……秀平くんのここ」

唯は消え入りそうな声でつぶやき、ゆっくりペニスをしごきはじめる。ぎこちない手つきだが、太幹の表面をじわじわと擦りあげてきた。

「くうっ、ま、まさか、唯さんが……」

己の股間を見おろせば、野太くそそり勃った肉柱にほっそりした指が絡みついている。人とのコミュニケーションを拒絶していた唯が、こんなことをするとは信じられない。だが、下半身にひろがる快感は本物だった。

「ま、待ってくださ――ううっ」

スローペースで指が動くたび、甘い刺激が走り抜ける。とくに張りだしたカリのあたりを擦られると、腰が恥ずかしいほど震えてしまう。我慢汁の量もどんどん増えつづけて、ついにはなにも考えられなくなってきた。

「くっ、ま、まだまだ……」

秀平は奥歯を食い縛ると、反撃とばかりに彼女の乳房を揉みあげる。双つの柔肉に指をめりこませて、芯まで揉みほぐすつもりで捏《こ》ねまわした。

「あっ……ダ、ダメっ」

乳首を指の股に挟みこみ、同時に刺激することも忘れない。すると、彼女は極端な内股になり、腰をくなくなとよじらせた。

(よし、ここまで来れば……)

見たところ唯の性感は蕩けきっている。もう遠慮する必要はないだろう。タイトスカートのホックを外してファスナーをおろしていく。彼女は気づいているのに抵抗しない。身をくねらせるだけで、されるがままになっていた。

スカートをおろしてハイヒールを履いた足から抜き取ると、唯が身に着けているのは純白のパンティだけになる。レースで飾りつけられた薄い布地が、微かに盛りあがった恥丘にぴったり張りついていた。

(あ、あと一枚……)

震える指を、最後の一枚に伸ばそうとしたときだった。

「秀平くん、こっちで……」

唯が眼鏡の向こうから潤んだ瞳を向けてきた。

秀平の手を取り、自分のデスクの前へと連れていく。そして、あらたまった様子で語りかけてきた。

「ここで……」

「こ……ここで?」

思わず鸚鵡《おうむ》返しに問いかける。彼女は頷くだけでなにも語らないが、なんとなく言いたいことはわかった。

唯は六課に異動になってから、一日中このデスクに張りついていた。営業部に所属しているのに、外回りに出たことはない。現実から目を逸らし、モニターだけを見つめて過ごしてきた。

だからこそ、この場所で新たな一歩を踏み出したいのではないか。過去を吹っ切るためには、秀平もそうするしかないと思っていた。

「ここに手をついてください」

「こ、こう？」

唯はデスクに向かって立つと、両手を置いて振り返った。ハイヒールを履いているので少し前屈みになり、自然と尻を突き出す格好になる。腰がくびれているため、ボリュームのあるヒップが余計に大きく感じられた。

パンティが臀裂に少し食いこんでいる。しかも、股間を覆う薄布越しに割れ目がうっすら透けていた。

「お、俺、もう……」

ここまで懸命に理性を保ってきたが、そろそろ我慢も限界だった。ペニスは限界まで硬直しており、カウパー汁を大量に垂れ流している。一刻も早く唯のなかに入りたくてたまらなかった。

パンティに手をかけると、一気に膝まで剝きおろす。プリッとした尻肉を目にした瞬間、興奮で目の前が真っ赤に染まった。

「唯さんっ！」

尻たぶを両手で鷲《わし》摑みにして、いきなり左右に割り開く。たっぷりした尻肉の狭間から、くすんだ色の尻穴と鮮やかなピンクの陰唇が露出した。

(ぬ、濡れてる……あの唯さんが、こんなに……)

衝撃的な光景だった。たっぷりの華蜜で濡れ光る肉唇は、秀平のなかに眠っていた獣性を揺り起こした。

「い、いや、こんな格好……」

唯は抗いの言葉を口走るが、尻を突き出した姿勢を崩さない。秀平は背後から腰を摑むと、勃起したペニスを膣口にあてがった。

「ああっ、ま、待って」

亀頭と陰唇がキスをして、華蜜の湿った音が響き渡る。唯の顎が跳ねあがり、背筋が弓なりに仰け反った。

「ひ……久しぶりだから」

彼女の声は怯えたように掠れていた。背中は反り返ったままで、背骨の窪みとくびれた腰が艶めかしい。突き出した尻が小刻みに痙攣して、亀頭が密着している陰唇は物欲しげに蠢いていた。

「もう待てません……ふんんっ！」

ペニスを送りこみ、蕩けた女壺に埋めこんだ。すかさず熱い粘膜が絡みつき、膣口が思いきり収縮してカリ首を絞りあげた。

「くおおおッ、入りましたよっ」

「あああッ、そ、そんなっ」

唯はデスクに爪を立てて、首を小さく振りたくった。

いつもパソコンに向かっていた場所でセックスしている。デスクに手をついて尻を突き出し、立ちバックで繋がっていた。その事実を受け入れたくないのか、それとも恥ずかしいだけなのか、彼女は下唇を噛んでうつむいていった。

「わ、わたし、どうしたら……」

「吹っ切りたいなら、俺といっしょに……くううッ」

みっしりつまった媚肉を、亀頭でズブズブ掻きわけていく。膣道の反応は埋めこむほど顕著になり、ペニスを咀嚼《そしやく》するように締めあげてきた。

「ああッ、ゆ、ゆっくり」

「くうッ……す、すごい」

快楽の呻きを漏らしながら、ついに根元まで埋めこんだ。彼女の尻肉がひしゃげるほど、強く腰を押しつける。亀頭の先端が膣の奥深くに到達して、唯の全身が再び反り返って硬直した。

「あううッ、い、いきなり……」

「動きますよ」

もう気を遣っている余裕はない。困惑する彼女の声を聞き流して、さっそく腰を振りはじめる。それでも最初はじっくりした抽送《ちゆうそう》だ。男根を出し入れすると、膣粘膜と擦れて蕩けるような快楽がひろがった。

「あッ……あッ……」

唯も切れぎれの喘ぎ声を漏らしている。突きこむたびに愛蜜が弾けて、湿った音が響き渡った。

「まさか、唯さんとこんなこと……くううッ」

くびれた腰を掴んで、いきり勃った肉棒を抜き差しする。熱い女壺のなかを掻きまわし、亀頭を深い場所まで埋めこんだ。

「はあッ、あああッ……」

彼女の声が切羽つまってくる。久しぶりのセックスで感じやすくなっているのか、早くも追いあげられようとしていた。

「こ、怖いの、お願いだから待って」

「もう待てません、もっと感じていいんですよっ」

ここぞとばかりに責めたてる。腰を思いきり振りまくり、張りだしたカリで膣粘膜を抉《えぐ》りまくった。

「ああッ、ダメっ、それダメっ」

唯の喘ぎ声が大きくなる。夜のオフィスに響き渡るが、六課は他の営業部のフロアから離れているので問題ない。くびれた腰が左右にくねり、膣襞がザワめいて肉棒に絡みついた。

「はああッ、こんなのって、あああああッ」

「し、締まるっ、ううう ッ」

愉悦《ゆえつ》の波が押し寄せるが、下っ腹に力をこめて耐え忍ぶ。女体がもたらす快楽に溺れながらも、頭の片隅では唯を追いあげることだけを考えていた。

アクメを与えれば、彼女を縛りつけている過去を断ち切れる。そんな気がして、全力でペニスを叩きこむ。蜜壺の締まりが強くなって快感が大きくなるが、奥歯を食い縛って腰を振りつづけた。

「ああッ、ああッ、もう……もうっ、あああああああッ！」

唯の身体がビクンッと仰け反り、黒髪が柔らかく宙を舞う。ついにアクメの波に呑みこまれたらしい。いっそう大きなよがり声を響かせて、尻たぶに笑窪ができるほど強烈に男根を締めつけてきた。

「うぐぐッ……」

秀平は額に汗を浮かべながら、懸命に射精欲を抑えこんだ。先走り液がどっと溢れるが、それでもなんとか耐えきった。

(まだだ……これくらいじゃ足りない)

唯の心を解放するには、もっと強い刺激が必要だ。さらによがり泣かせて、このひとときの間だけでもつらい過去を忘れさせてあげたかった。

4

「はあンっ……」

ペニスを引き抜くと、唯は切なげな声を漏らした。

アクメに達して、頭が真っ白になっているのだろう。眼鏡越しに見える瞳は焦点を失い、唇は半開きになっていた。

そんな唯の身体をこちらに向けさせる。大きな乳房がプリンのように波打ち、乳首は尖り勃ったままだった。デスクの上にあったキーボードを脇に寄せて、彼女の尻を乗せあげた。

「なにを……するの？」

唯が絶頂直後の気怠《けだる》げな瞳で見つめてくる。彼女は自分のデスクに座り、立っている秀平と向かい合う格好になっていた。

「まだ終わってないですよ」

鉄棒のように屹立した男根は、愛蜜をたっぷり浴びて黒光りしている。早く女壺と繋がり、思いきり欲望をぶちまけたかった。

正面から唯の腰を抱くと、膝の間に腰を割りこませる。結果として彼女は脚を大きく開くことになり、白い内腿が晒された。陰毛が生えている恥丘の下には、突きまくられて赤く充血した陰唇が見えている。ぐっしょり濡れそぼり、泡立った愛蜜を尻の穴まで垂れ流していた。

「まさか、また……」

「今度は俺もいっしょです……ふんっ！」

割れ目に亀頭を押し当てると、いきなり挿入を開始する。膣はいとも簡単にペニスを受け入れて、肉柱を奥に引きこむように蠕動《ぜんどう》した。

「い、今はまだ……はああンッ」

昇りつめた直後で、身体が過敏になっているのだろう。唯は両手を背後につくと、股間を突き出すようにして仰け反った。

「くおッ、なかがヒクヒクして……」

媚肉が激しくうねり、亀頭を四方八方から締めつけてきた。それでも、ペニスを前進させて、休むことなく根元まで挿入する。すると、濡れた膣粘膜が肉棒全体を包みこみ、愛蜜をまぶしながら収縮した。

「ああッ、大きいのが奥までっ」

「こ、これは……」

快感が脳天まで突き抜けて、危うく暴発しそうになる。秀平は全身の筋肉を硬直させると、押し寄せてきた射精感をギリギリでやり過ごした。

先ほどよりも女壺の反応が顕著になっている。一度達したことで、女体がセックスを思い出したのかもしれない。新たな華蜜が次から次へと分泌されて、膣襞が積極的に絡みついてきた。

「お、俺、もう……ぬおおおッ」

これ以上は我慢できない。射精を耐えつづけてきたことで、より欲望が高まっている。細い腰を両手で摑んでペニスを突きこむと、乳房が誘うように大きく揺れた。

「ああンっ、しゅ、秀平くん」

唯が甘い声で名前を呼んでくれる。もう無表情だった彼女ではない。眼鏡の向こうに見える瞳は、はっきり欲望を湛えていた。このデスクに向かって、無言でキーボードを叩いていた姿が嘘のようだった。

「ゆ、唯さんのなか、気持ちよすぎて……ううぅッ」

自然と抽送速度がアップする。ペニスを素早く後退させると、勢いよく根元まで叩きこんだ。

「ああッ……ああッ……」

鼓膜を震わせる唯の喘ぎ声が、秀平の背中を後押しする。欲望にまかせて腰を振り、膣壁を思いきり擦りたてた。

「そ、そんなに激しくされたら……あああッ」

彼女の喘ぎ声がいっそう大きくなった。仕事中、決して感情を表に出すことのなかった唯が、腰をくねらせながら喘いでいた。

「おおおッ、唯さんっ」

ペニスを力強く打ちこむと、彼女の背中がモニターにぶつかった。唯は背後に手をついていたが、感じすぎて自分の体重を支えられないらしい。秀平はモニターを摑んで脇に押しやり、女体をデスクの上に押し倒した。

「はああッ、い、いいっ……すごくいいの」

ついに唯の唇から、快楽を告げる言葉が溢れ出す。もはやデスクの上はメチャクチャだが、まったく気にしていない。ついにはハイヒールを履いた両足を、大胆にも秀平の腰にまわしこんできた。

「くおッ、は、嵌るっ」

脚で引き寄せられたことで、ペニスがより深い場所まで埋没《まいぼつ》する。先端が女壺の行きどまりに到達して、膣口で根元を締めあげられた。

「くううッ、お、俺も……気持ちいいっ」

「も、もっと、ああッ、もっとして」

あの唯がおねだりしている。信じられない光景を目の当たりにして、秀平の興奮も限界まで跳ねあがった。

「唯さんっ……ううッ、唯さんっ」

全力で腰を振りながら、乳房を両手で揉みしだく。柔肉に指をめりこませて捏ねまわし、先端で揺れる乳首を摘みあげた。

「あああッ、そ、そこ、はああッ」

もうどこに触れても感じるらしい。唯は両腕を伸ばすと、秀平の首に巻きつけてきた。しっかり抱き合う格好になり、自然と唇を重ねていく。舌を絡めて唾液を味わいつつ、ペニスを連続して叩きこんだ。

「ううッ、うううッ」

「あああッ、いいっ、いいっ」

唇を離すと、唯のよがり泣きがオフィスに響き渡った。再び昇りはじめているのは間違いない。秀平は彼女の首筋に顔を埋めると、欲望のままに腰を振りたてた。

「おおおッ……おおおおッ」

「す、すごいの、あああッ、すごく気持ちいいっ」

唯が両手で秀平の頭を抱きしめる。髪に指を差し入れて掻き乱し、股間をググッと迫りだした。

「はあぁッ、も、もうっ、あああッ、もうダメぇっ」

「お、俺もっ、ううぅッ、俺もですっ」

秀平は首筋に吸いつき、耳たぶをしゃぶりながら男根を律動させる。そして、ペニスを膣の最深部まで埋めこみ、ついに欲望を爆発させた。

「き、気持ちっ……おおおッ、ぬおおおおおおおッ！」

亀頭が破裂しそうなほど膨らんだ直後、先端から灼《しゃく》熱《ねつ》の粘液が噴きあがった。ザーメンが尿道を駆け抜けて、勢いよく膣粘膜を直撃した。

「あああッ、い、いいっ、ああああッ、イクッ、またイッちゃううううッ！」

唯が四肢をしっかり巻きつけながら、オルガスムスの嬌《きょう》声《せい》を響かせる。肉棒を咥《くわ》えこんだ膣を痙攣させて、股間を卑猥にしゃくりあげた。

「おおおッ、まだ出るっ」

あまりの快感に射精の発作が収まらない。頭の芯まで痺れて、もうなにも考えられなかった。

二度、三度と連続で放出して、ようやく絶頂の波が収束に向かいはじめた。

凄まじい愉悦の嵐だった。

オフィスには二人の乱れた息遣いだけが響いている。ペニスは萎《な》えかけているが、まだ膣に収まっていた。

首筋から顔をあげると、唯は眼鏡をかけていなかった。デスクの上に黒縁の眼鏡が転がっていた。どうやら、激しいピストンで飛んだらしい。彼女の素顔を見るのは、これが初めてだった。

「あ……」

唯は仰向けのまま、慌てて眼鏡を拾いあげた。

素顔を見られるのが恥ずかしいのか、頬がほんのり染まっている。だが、秀平はその手を制して整った顔を覗きこんだ。

「ゆ……唯さん」

澄んだ瞳に吸い寄せられた。

こうして、まじまじと見ることができるのは今夜だけだろう。そっと唇を重ねると、彼女はすぐに応じて舌を絡めてくれた。

第三章　屋上でおしゃぶり

1

秀平が出勤すると、すでに六課のオフィスには京香と唯の姿があった。

「おはようございます」

「おはよう。今日も早いのね」

京香は声をかけてくれるが、唯は無言でモニターを見つめていた。

昨夜のことを思い出し、頬の筋肉がこわばってしまう。今、唯が向かっているデスクでセックスをした。二人して腰を振り合い、絶頂を貪《むさぼ》った記憶が、生々しく脳裏によみがえった。

あの後、秀平は遅れて営業部の決起集会に参加した。唯はすっきりした顔をしていたが、出かけようとはしなかった。人間不信から立ち直るのは、そう簡単なことではないのだろう。秀平は後ろ髪を引かれる思いで会場の居酒屋に向かったが、唯のことがずっと気になっていた。

（いつもと同じだな……）

タイムカードを押しながら、唯の様子を観察する。

眼鏡のレンズにモニターの明かりを反射させて、例によって高速でブラインドタッチしていた。昨日は少し気持ちがほぐれたように見えたが、ひと晩で元に戻ってしまったようだ。

（やっぱり、無理だったか）

がっかりしながら自分の席に腰をおろした。

斜め向かいの席に座っている唯は、軽やかにキーボードを叩きつづけている。秀平もパソコンを立ちあげようと、マウスに手を伸ばしたときだった。

「おはよう」

小さな声が聞こえた。

はっとして顔をあげるが、唯はモニターを見つめている。相変わらずキーボードを打っており、秀平のことなど気にも留めていなかった。

だが、先ほどの声は唯に間違いない。昨夜、彼女の声を何度も聞いている。聞き間違えるはずがなかった。あの唯が、メールではなく言葉で挨拶を返してくれた。その事実がなにより嬉しかった。

「お……おはようございます！」

思わず大きな声で応えていた。

唯はモニターから目を離さない。それでも、秀平の心はこれまでにないほど弾んでいた。

ふと課長の京香と目が合った。部下たちのやり取りを見て、なにかを悟ったらしい。満足そうに微笑んで頷いた。

（まさか……気づかれたわけじゃないよな）

不安が頭をもたげてくる。社内恋愛を禁止されているわけではないが、さすがに気まずかった。

唯は「今だけ」と言っていたので、いずれにせよ、彼女との関係が発展することはないだろう。それならなおのこと、誰にも気づかれず内緒のままにしておきたい。

「仕事中にぼんやりしない！」

突然、鋭い声が聞こえてビクッと肩が跳ねあがった。

いつの間にか玲子が出勤しており、すぐ隣で腰に手を当てて立っていた。今朝はダークグレーのスーツを着ている。ハイヒールを履いた足を開いて立っているため、タイトスカートの裾が張りつめていた。

「れ、玲子さ……い、いえ、真崎さん、おはようございます」

つい名前で呼びそうになり、慌てて言い直す。彼女は眉をピクリとさせるが、それ以上はなにも言わず、向かいの自分の席に腰をおろした。

派遣社員の二人も出勤して、さっそく業務に取りかかる。昨夜のことが夢だったように、いつもの朝の光景が展開されていた。

（ふぅっ、危なかった）

額にじんわり汗が浮かんでいる。ハンカチで拭いて顔をあげると、玲子がじっとこちらを見つめていた。

「課長から聞いたわよ」

抑揚のない声だった。いったい、なにを聞いたのだろう。やはり京香は、昨夜の唯との関係に気づいているのではないか。

「す……す……」

指摘される前に謝罪したほうがいいかもしれない。「すみません」と言いかけたとき、玲子が先に言葉を発した。

「昨日、仮契約を取ったそうね」

そう言われて思い出す。まだ玲子には報告していなかった。

昨夜、決起集会に遅れて参加したとき、京香とは話す機会があったが、玲子には伝えられずにいた。今朝、報告するつもりでいたが、いきなり叱られたことでタイミングを逃してしまった。

「こ、小口ですけど……」

謙遜《けんそん》してつぶやくと、玲子はにこりともせずに見つめてきた。

「そう思うなら、今度は大物を釣りあげなさい」

決して褒めてはくれないが、これは彼女なりの賛辞ではないか。こんなことを言われたのは初めてだった。

「は……はい！」

嬉しくなって、つい大きな声で返事をする。すると、そこに遅刻ギリギリで一美が出勤してきた。今日はクリーム色のスーツに身を包んでいる。やはり乳房が張りつめており、自然と視線が吸い寄せられた。

「なんかあったの？」

隣の席に座った一美が、瞳を輝かせて尋ねてくる。ところが、秀平が仮契約を取ったことを伝えると、即座に興味を失ってしまった。

「なあんだ、そんなことぉ」

「えっ……」

「秀平がなにしようと、わたしには関係ないもん」

一美は両手をひろげて、淡いピンクに塗った爪を眺めている。彼女の興味は同僚の営業成績より、自分のネイルにあるようだ。

「もうちょっと濃い色でもよかったかなぁ」

「あの、一美さん……」

呼びかけるが、もう彼女はこちらを向いてくれなかった。

一美のことだけは、普段から名前で呼んでいる。彼女は苗字で呼ばれるのが堅苦しくて嫌いだという。一美も他の人たちを名前で呼んでいる。実際、そうすることで和《なご》やかな空気になるから不思議だった。

パソコンにメールが届いた。

唯からだった。今日、外回りで向かう地域の資料が添付されていた。周辺施設の情報と、営業をかける店の詳細なデータだ。

『ありがとうございます。活用させていただきます』

すぐにお礼のメールを返信する。彼女はいっさいこちらを見ないが、口もとに微かな笑みを浮かべて頷いた。

そのとき、ドアを乱暴にノックする音が響き渡った。

「はい、どうぞ」

京香が返事をすると、スーツを着た二人の男が入ってきた。いつか廊下で言いがかりをつけてきた一課の前野と林田だ。

「ちょっとお邪魔しますよ」

「お忙しいところ、すみませんね」

二人はオフィス内を見まわすと、小馬鹿にしたように鼻で笑った。そして、課長席へとまっすぐ歩いていく。他の課から人が訪ねてくることはまずないので、全員が二人の動向に注目した。

「今日は渡瀬課長にお願いがあって参りました」

係長の前野が、京香に向かって話しかける。口調こそ丁寧だが、どこか見下す響きがあった。

「どういったご用件でしょうか」

京香が穏やかな声で応対する。相手を挑発するようなこともなく、あくまでも泰然と構えていた。

「スーパーおくながチェーンから、手を引いてもらえませんかね」

「なにをおっしゃっているのかしら？」

「あのチェーン店は、前から一課が狙ってるんです。六課の連中にウロチョロされると迷惑なんですよ」

「どうせ、六課じゃ無理でしょう。トラブルを起こす前に一課に譲ってください」

次期エース候補の林田もいっしょになって言い放つと、六課のメンバーをぐるりと見やった。

（どういうつもりなんだ）

秀平は思わず拳を握りしめた。

スーパーおくながチェーンと言えば、玲子と初めて訪れた営業先だ。失礼な担当者だったが、その後も彼女が地道に営業しているのを知っている。ようやく信頼関係が築けたところなのに、一課が横から割りこもうとしていた。

（一課だからって、こんな横暴は許せない）

怒りの言葉が喉もとまで出かかったとき、玲子がすっと立ちあがった。

「黙って聞いていれば、よくもそんな勝手なことが言えるわね」

鋭い視線で男たちを交互ににらんで、ゆっくり歩み寄っていく。腕組みをして顎をツンとあげた姿は、場の空気を一瞬で変える迫力があった。

「またおまえか……」

「まさか、スーパーおくながに営業をかけてる六課の奴ってのは……」

前野と林田は一瞬たじろぐが、それでもすぐに反撃を開始した。

「一課で開拓したら、六課の商品も置いてやる」

「どうせ無駄な努力だ。諦めるんだな」

「フッ……その言葉、そのまま返してあげる」

玲子も負けていない。相手は二人だが関係なかった。さらに一歩踏み出して、男たちを眼光鋭くにらみつけた。

「一課の営業力なんて、高が知れてるわ。看板商品のジャイアントカレーがなければ、どことも契約できないでしょうね。こんなことをしてる時間があるなら、足を使って営業をかけたらどうかしら」

苛々がピークに達しているのだろう、矢継ぎ早に怒りの言葉を浴びせかける。玲子は今にも前野と林田の胸ぐらを掴みそうな勢いだった。

「あ、あの、真崎さん……」

秀平は放っておくことができずに声をかけた。

恐るおそる立ちあがって歩み寄る。男たちの前に体を強引にこじ入れて、玲子と向かい合う格好になった。

「なにしてるの？」

むっとした玲子に肩を押しのけられて、秀平はあっさりよろめいた。

もし乱闘にでもなったら大変なことになってしまう。なにしろ、相手は大の男二人だ。口では負けない玲子も、さすがに腕力では敵《かな》わないだろう。彼女が怪我をするところなど、絶対に見たくなかった。

それに騒ぎを起こせば、六課をお荷物部署と揶揄《やゆ》する連中の思う壺だ。会社は一課の連中の肩を持つに決まっていた。よってたかって玲子を悪者に仕立てあげ、処分されてしまうのではないか。それだけは避けなければならなかった。

「も、もう少し冷静にいきましょう」

彼女の神経を逆撫でしないよう、遠慮がちに声をかける。だが、玲子はジロリとにらむだけで、まったく聞く耳を持たなかった。

「ここは一課の来るところじゃないわ、早く出て行きなさい」

彼女の怒りは増幅している。声がさらに刺々《とげとげ》しくなっていた。

「本気で契約が取れると思ってるのか」

「一課に引き継いだほうが後々のためだぞ」

前野と林田も引こうとしなかった。

なんとしても一課で交渉したいのだろう。スーパーおくながチェーンと契約できれば、莫大な利益を生むことになる。だが、狙っているのは一課だけではない。二課から五課も、営業をかけているに違いなかった。

「そちらの課長さんはご存知なのかしら」

見かねた京香が話に割って入ってきた。

声を荒らげることはないが、瞳にはいつになく力がこもっている。これまでに見たことのない厳しい表情になっていた。

「それとも、あなた方の勝手な判断ですか。いずれにせよ、お二人の言動には問題がありますね。六課なら黙って引きさがると思ったら大間違いです」

「そうおっしゃいますけど、所詮、六課の力じゃ――」

「わたしの優秀な部下が、スーパーおくながチェーンの交渉に当たっています。あなた方にとやかく言われる筋合いはありません。異論があるなら、一課長をここに連れてきなさい」

京香はきっぱりと言いきった。

普段はおっとりしているが、怒りを滲ませた言葉には迫力がある。あれだけいきがっていた男たちも、京香に一喝されて黙りこんだ。

（す、すごい……）

一課の連中が逃げ帰ると、秀平は尊敬の眼差しを京香に向けた。

部下を信頼しているからこそ、あれだけ強く言い返すことができるのだろう。頼もしい課長の姿に感動すら覚えていた。

「京香さん、さすがです」

一美もはしゃいだ声をあげている。胸の前で両手を組んで、憧れの人を見るように瞳をキラキラ輝かせていた。

唯も心を動かされたのか、課長席に視線を向けている。言葉こそ発しないが、口もとには微かな笑みを浮かべていた。

「お騒がせしてすみませんでした」

玲子が珍しく神妙な表情で、京香に向かって頭をさげる。勝ち気な彼女のこんな姿を見るのは初めてだった。

「やだわ、玲子ちゃんまで、大げさなんだから」

京香はいつもの穏やかな顔に戻っておどけている。それでも、部下のことを思う気持ちは、みんなにしっかり伝わっていた。

2

この日も、秀平は玲子と二人で営業に出かけた。

電車に乗ると、並んで吊り革に摑まった。いつもなら営業先の資料を確認する玲子だが、今日は不機嫌そうに車窓の景色を眺めていた。

(やりづらいなぁ……)

秀平はあえてなにも話しかけなかった。

一課のせいで、玲子が苛々しているのは間違いない。こういうときは下手に機嫌を取ろうとすると逆効果になる。そっとしておけば自然と回復することを、これまでの経験から学んでいた。

(早く機嫌よくなってくれないかな)

そんなことを考えていたとき、列車がカーブに差しかかった。

「おっ……」

思いのほか車両が傾き、体が大きく揺れた。慌てて足を踏ん張るが、隣に立っている玲子に肩が触れてしまった。

「あっ、すみません」

すぐに小声で謝るが、彼女は窓の外に視線を向けて黙りこんでいた。

軽く触れた程度だったので、気にしていないのだろう。秀平はほっとして小さく息を吐きだした。これ以上、機嫌が悪くなったら、いよいよ手がつけられなくなるところだった。

「なんなの？」

玲子がぽつりとつぶやいた。

時間差で怒りがこみあげてきたのだろうか。隣を見やると、切れ長の瞳が秀平に向けられていた。

「す、すみませんでした」

あらためて謝罪するが、玲子は視線を逸らそうとしなかった。

「さっきの、なんなの？」

「で、電車が揺れて……」

「どうして口を挟んできたの？」

まったく話が嚙み合わない。どうやら、彼女はオフィスでの出来事を言っているらしい。一課の男たちとやり合っているとき、秀平が横から割りこんだ。そのことを怒っているようだった。

「ま、真崎さんに、なにかあったらいけないと思って……」

秀平は正直に答えた。

あのときは玲子を助けたい一心だった。喧嘩は苦手だが、気づいたときには体が勝手に動いていた。

「向こうも興奮してましたから」

「それで、あんなことをしたの？」

玲子が訝《いぶか》しげな瞳を向けてくる。彼女と男たちの間に、強引に割って入ったことを言っているのだろう。

「だって、殴られたりしたら大変じゃないですか」

秀平が告げると、玲子は心底呆れたというように息を吐きだした。

「いくら一課が横暴でも、社内で女に手はあげないでしょう。そんなことしたら、課長が黙ってないわ」

「そうかもしれないですけど……」

万が一ということもある。そのときは身を挺《てい》してでも、彼女を守るつもりだった。

「またあいつらが来たら、俺、同じことをすると思います」

「あなたね……」

「やっぱり、黙って見てられないですよ」

「自分が殴られるかもしれないのよ」

玲子の口調がいつもと違う。まるで諭すような言い方になっていた。

「俺なんて別に構いません」

先ほどのことで秀平は初めて自覚した。どうやら自分は玲子にかなり惹かれているらしい。だから、傍観していられなかったのだ。彼女が殴られるのを見るくらいなら、自分が袋叩きに遭うほうがましだった。

「あなたって、本当に……変わってるわね」

また怒りだすかと思ったが、玲子はそれきり黙りこんだ。気になって横目で見やると、視線は窓に向けられていた。

(怒って……ないよな？)

いくらか表情が柔らかくなっているように思えた。

とにかく、苛立ちは消え去ったらしい。今日一日いっしょに外回りすることを考えると、ずいぶん気持ちが楽になった。

「一応、考えておくよ」

人のよさそうな初老の店主に見送られて表に出た。

個人商店に飛びこみ営業をかけて、ひととおり新商品の説明はしたが、契約には至らなかった。

時間をかけて話した分、脱力感に襲われる。すでに二軒まわったが、どちらも似たような反応だった。契約に繋がれば疲れも吹き飛ぶが、正直、まったく手応えが感じられなかった。

ところが、玲子はまったく気にする様子もなく、すぐさま次の店に向かって歩きはじめた。

(すごいな……)

秀平は彼女の背中を見つめて、心のなかで唸《うな》った。

短気なところはあるが、仕事に対する情熱には驚かされてばかりだ。決して手を抜くことなく、常に全力で取り組んでいた。他人に厳しいだけでなく、自分を律することができる女性だった。

「片山！」

突然、振り返った玲子に名前を呼ばれた。

「なにもたもたしてるの」

鋭い声が飛んで、反射的に背筋が伸びる。秀平はビシッと気を付けすると、表情を引き締めた。

「時間がもったいないでしょ、行くわよ」

いつも以上に気合いが入っているようだ。

玲子はすぐに前を向いて歩きはじめる。タイトスカートに包まれたヒップが、左右にプリプリと揺れていた。

「は、はい！」

彼女に釣られて秀平の声にも力がこもった。

自分に活を入れて追いかける。彼女の歩調は驚くほど速いが、置いていかれないよう懸命についていった。

「またダメでしたね」

秀平が肩を落としてつぶやくと、

「顔をあげなさい。これくらいでめげてどうするの」

と、玲子に一喝された。

向かいの席に座っている玲子は、決してうつむくことなく堂々としている。自信に満ちた瞳は、輝かしい未来を見据えているようだった。

二人は昼食を摂《と》るため、通りがかりの食堂に入り、テーブル席で向かい合って座っていた。

三軒目の飛びこみ営業も空振りに終わった。玲子が根気よくヘルシーシリーズの説明をしたが、やはり樽橋フーズはガッツリ系のイメージが強いらしい。店主は興味を示してくれたものの、契約には至らなかった。

「ヒレカツ定食、二つください。彼のは大盛りね」

玲子は勝手に注文すると、再び秀平の顔を見つめてきた。

「営業は体力勝負、しっかり食べるのよ」

どうやら、ご馳走してくれるらしい。どういう風の吹きまわしか、契約が取れていないにもかかわらず、玲子の機嫌は悪くなかった。

「あ、ありがとうございます！」

我ながら単純だと思うが、少しやさしくされただけで元気が湧いてきた。食欲まで出てきて、腹がクゥッと鳴ってしまった。

「足を使った者だけが営業成績をあげられるの。午後はもっと歩きまわるから覚悟しなさい」

「はい、まかせてください！」

秀平は力強く頷いた。

やはり玲子には見習うべきところがたくさんある。容姿が美しいだけではなく、尊敬すべき先輩だった。

やがて、ヒレカツ定食が運ばれてきた。大盛りのご飯はけっこうな量だったが、午後の仕事に備えて、すべて胃袋につめこんだ。


「次に行くわよ」

西の空がオレンジ色に染まりはじめているが、玲子の気力が衰えることはない。秀平の前方をすたすたと歩いていた。

「ま、待ってください……」

声をかけるが、彼女が歩調を緩める様子はなかった。秀平は疲労困憊《こんぱい》でふらふらしているが、玲子の足取りはしっかりしていた。きっと頭のなかには、次に訪れる営業先のことしかないのだろう。

契約が取れていないのに、玲子は凛《りん》とした表情で仕事をしていた。新商品の説明と売りこみをして、カラーチラシと名刺を渡してくる。何軒もまわって同じ作業を繰り返していた。

(もう足が攣《つ》りそうだよ)

ふくらはぎに疲労が蓄積している。ヒレカツで充電したパワーも切れる寸前だ。それでも、玲子が休まないので懸命に背中を追いかけた。

(……んっ?)

ふと脇道を見やったとき、腕を組んで歩く男女の姿が目に入った。

グレーの背広を着て頭頂部が薄くなった男性と、クリーム色のスーツをまとった若い女性だ。どう見ても普通の恋人同士ではない。いかにもワケありカップルといった感じだった。

(ったく、こっちは足が棒になるほど歩きまわってるのに)

脇道の先にラブホテルがあるので、そこに向かっているのだろう。つい心のなかで愚痴ったとき、女が隣の男に話しかけた。

「こうして、いっしょにいられるだけで幸せです」

可愛らしい声が微かに聞こえてくる。夕日に照らされた彼女の横顔も、はっきり確認できた。

(か……一美さん！)

思わず電柱の陰に身を隠した。

よく似た人かと思ったが間違いない。今朝、彼女はクリーム色のスーツを着ていたし、肩にかけている茶色い革の営業鞄にも見覚えがあった。

「本当は毎日会いたいけど、無理はなさらないでくださいね」

健気《けなげ》なことを言って、はにかんだ笑みを浮かべてみせる。猫をかぶっているが、聞き慣れた声だった。

男の方は誰だろうと注視する。あの薄い頭頂部を、どこかで見た気がするが思い出せない。もしかしたら、ごく身近な人物の可能性もある。懸命に考えていると、男が一美に笑いかけた。

(ああっ！)

横顔を見た瞬間、すぐにピンと来た。

男は営業一課の課長、伊丹耕作《いたみこうさく》だ。樽橋フーズに入社して一年半、秀平は伊丹の下で働いてきた。毎日、見てきた課長の顔を、見間違えるはずがなかった。

「キミは本当に可愛いね」

「そんな……嬉しいです」

伊丹が褒めれば、一美は恥ずかしげにくすりと笑う。彼女は本来の奔放《ほんぽう》さを封印して、表向きのキュートなキャラクターを演じていた。

「一美くんと過ごす時間が、なにより大切なんだ」

「わたしもです、耕作さん」

年齢差のある二人が、歩きながら熱い視線を交わしている。誰が見ても、ただの上司と部下の関係ではなかった。

(どうして、伊丹課長と一美さんが……)

伊丹は妻帯者で、大学生と高校生の息子がいる。年齢は確か五十代前半だったはずだ。真面目な性格で仕事には厳しかったが、悪い噂は聞いたことがなかった。一課にも女子社員はいたが、男子社員と同じように接していた。

(それなのに、まさか……)

二人は仲睦まじげに腕を組んでいる。一美は照れ笑いを浮かべながら、伊丹の腕にさりげなく乳房を押しつけていた。

秀平が呆然と見つめるなか、二人はラブホテルのなかに消えていった。どちらも躊《ちゅう》躇《ちょ》する様子がなかったので、初めてではないだろう。すでに何度か関係を持っているに違いなかった。

（ふ、不倫……）

重い二文字が脳裏に浮かんだ。

一美は独身だが、伊丹には妻子がいる。しかも、二人は仕事中に密会していた。絶対に許されない関係だった。

玲子に報告するべきだろうか。

視線を前方に向けると、彼女は遥か先を歩いていた。一美と伊丹の姿に気づいていない。それならば、わざわざ耳に入れる必要はないのではないか。秀平が見なかったことにすればすむ話だった。

（俺は見てない……なにも見てないんだ）

自分に言い聞かせるように心のなかで繰り返す。そして、夕日に染まった玲子の背中を追いかけた。

会社に戻ったのは、夕方五時半過ぎだった。

今日は一軒も契約を取れなかったが、興味を持ってくれた店もある。何度か訪問して信頼関係を築いていけば、商品を置いてもらえるかもしれない。足を使った分だけ、確実に可能性はひろがっていた。

「お帰りなさい」

六課のオフィスに入ると、すぐに京香が声をかけてくれる。パソコンに向かっていた唯も、柔らかい視線を向けてきた。

一美の姿はなかった。

いつも定時退社しているので、もう帰ったのだろう。伊丹と腕を組んでラブホテルに消えていった姿が生々しく脳裏に残っている。どんな顔で会えばいいのかわからなかったので、少しだけほっとした。

「営業報告書、早く書いて帰りなさい」

玲子が声をかけてくる。秀平が暗い顔をしていたので、彼女なりに気を遣ってくれたのかもしれない。

「はい……」

確かに今日はいろいろありすぎて疲れてしまった。秀平は席につくと、営業報告書の作成を開始した。

「お疲れでーす、ただいま戻りましたぁ」

しばらくすると、呑気な声が響き渡った。はっとして顔をあげると、一美がオフィスに入ってきたところだった。

「か……一美さん」

「なによぉ、おばけでも見たみたいな顔して」

一美が不服そうな視線を向けてきた。

てっきり、外回りから直帰したと思いこんでいたので、とっさに言葉が出てこない。まさか、こんな時間になって会社に戻ってくるとは思わなかった。

「わたしが残業したらいけないってわけ？」

「そ、そんなことは……お、お疲れさまです」

秀平はようやくそれだけ言うと、慌てて視線を逸らした。できることなら、今は言葉を交わしたくない。なにを話せばいいのかわからないので、報告書の作成に没頭しているふりをした。

「一美ちゃん、今日は遅かったのね」

京香が声をかけると、一美は何食わぬ顔で「がんばっちゃいました」などと返している。そんなやり取りを、唯も玲子も気にしていない。だが、秀平だけは真実を知っていた。

（ラブホテルに行ってたから……だから、遅くなったんだ）

キーボードを叩く指につい力がこもった。

秀平は一部始終を目撃した。一美は伊丹の前で可愛らしい女を演じながら、確かにラブホテルへと入っていった。

「報告書、早く作らなくっちゃ」

一美が隣の席に腰かける。さっそくパソコンを立ちあげて、営業報告書の作成に取りかかった。

（よく平気な顔してられるよな）

秀平は横目で隣を見て、腹のなかでつぶやいた。

一美は愛らしい顔立ちをしているが、じつは不倫をしている。しかも、相手は一課の課長だった。

（まさか、一美さんが……）

ついつい妄想してしまう。

二十五歳の一美が、五十過ぎの妻子持ちの男に組み敷かれている。

男は欲望にまかせて腰を振りたくるに違いない。きっと妻にはできないことをするのだろう。もしかしたら、一美は都合のいい女になっているのではないか。いずれにせよ、彼女が伊丹に抱かれているのは間違いなかった。

どうして、あんな現場に遭遇してしまったのだろう。できることなら、不倫のことなど知りたくなかった。

「手がとまってるじゃない」

ふいに声をかけられて顔をあげる。すると、正面の席に座っている玲子が、じっとこちらを見つめていた。

「ちょ、ちょっと考えごとを……」

「早く報告書を仕上げてしまいなさい」

すぐに視線をモニターに戻してくれたので助かった。まだショックから抜け切れていない。しつこく尋ねられたら、動揺でぼろが出るかもしれなかった。

一美はこちらのことなど気にせず、営業報告書を作成している。秀平に見られたとは、夢にも思っていないのだろう。

（だったら、やっぱり……）

キーボードを叩きながら、頭の片隅で考える。

とにかく、このまま知らないふりをしたほうがいい。業務時間内にラブホテルで不倫しているのがばれたら、間違いなく大問題になるだろう。だが、秀平が黙っていればすむ話だ。

(いや、待てよ)

相手が一課の課長というのが少々引っかかる。

六課は爪弾《つまはじ》きされている部署で、とくに一課とは犬猿の仲だ。それなのに一美は伊丹と関係を持っている。これは、いったいなにを意味しているのだろう。

「ああっ、肩が凝ったなぁ」

一美が大きく伸びをした。思わず隣を見ると、彼女と視線が重なってしまった。

「今日、契約取れたの?」

「い、いえ……」

「六課の営業って大変だよね。これが一課だったらさ、売りの商品があるからチョー楽勝だと思わない?」

いきなり話しかけられて困惑する。秀平は曖昧《あいまい》な笑みを浮かべることしかできなかった。

(まさか……)

ふと疑念が湧きあがる。

伊丹と不倫しているのは、一課への異動を目論《もくろ》んでいるからではないか。もしかしたら、六課の情報を流している可能性もある。だから、今朝、一課の連中が乗りこんできたのかもしれない。

（そ、そんなバカな）

彼女はマイペースな性格だが、六課の仲間を裏切るようなことはしないはずだ。心のなかで否定するが、一度浮かんだ疑念は消えなかった。

3

翌日も玲子と外回りに出て、くたくたになって戻ってきた。

やはり契約は取れなかったが、玲子は「こういう日もある」と言って、あまり気にしていない様子だった。しっかり店の人と営業トークを展開しているので、いつか実を結ぶ日が来ると信じているのだろう。

営業報告書を作成して退社する。タイムカードに印字された退勤時間は、いつもより少し早い六時だった。

「お先に失礼します」

まだ残っている京香と玲子に挨拶して、六課のオフィスを後にした。

長い廊下を歩いてエレベーターホールに向かった。そして、エレベーターのボタンを押そうとしたとき、横にある階段から一美がひょっこり顔を覗かせた。

「ちょっといい？」

「か、一美さん」

いきなり話しかけられて動揺を隠せない。秀平は思わず周囲を見まわし、自分の顔を指差した。

「俺……ですか？」

「秀平以外に誰がいるのよ」

どうやら、ずっと待っていたらしい。一美は珍らしく定時ではなく五時半に退社したので、三十分も隠れていたことになる。彼女は昨日と同じ、クリーム色のスーツに身を包んでいた。

（なんだ？）

瞬時に不倫のことが脳裏に浮かんだ。しかし、彼女は秀平が見ていたことに気づいていない。自分さえ黙っていれば、なにもなかったことになる。あの件に関しては誰にも口外しないと決めていた。

「話したいことがあるの」

口調は軽いが、瞳には強い光が宿っている。嫌な予感がこみあげるが、とっさに断る理由が思いつかなかった。

「は、話って、なんですか？」

「人に聞かれたくない話なのよね」

「で、でも、ちょっと用事が……」

「すぐ終わるからさ。ね、いいでしょ？」

なんとか逃げようとするが、結局、一美に押しきられてしまう。そして、うながされるままエレベーターに乗りこんだ。すると、彼女はなぜか屋上を表す「R」のボタンを押した。

（まじか……）

屋上は社員なら誰でも自由に出入りできるが、せいぜい昼休みに弁当を食べる人がいるくらいだ。ましてや、こんな時間に屋上を使う者はまずいないだろう。

「わざわざ、屋上なんか行かなくても……」

「だって、内緒の話をするんだよ」

意味深なことを言われて、秀平は黙りこんだ。やはり、不倫に関係しているとしか思えなかった。

「はい、到着」

エレベーターが停止すると、一美はさっさとおりてしまう。そして、鉄製の重いドアを押し開けて屋上に飛び出した。

秀平も仕方なく後につづくと、背後でドアが勝手に閉まった。ガンッという大きな音が響いて、思わず肩をすくめた。

(やっぱり逃げればよかった)

今さらそう思うが、一美の強引な誘いを断れなかった。

五階建ての自社ビルの屋上だ。日は落ちているが、街の明かりがあるので真っ暗ではない。足もとはコンクリート剝き出しで、周囲は鉄の柵で囲まれている。休憩用のプラスティック製ベンチが、ひとつだけぽつんと置いてあった。

「ねえ、座ろうよ」

一美は柵の前まで進むと、ベンチにすっと腰かけた。

彼女の態度は普段と変わらない。だが、不倫のことを知っているので、どうしても警戒してしまう。秀平は違う話であることを願いながら、おずおずとベンチに腰をおろした。三人掛けなので、間を置いて端と端に座る位置を取った。

「すっかり夜だね」

一美が空を見あげて、ぽつりとつぶやく。釣られて夜空に視線を向けると、星がいくつか瞬《またた》いていた。

「そっちに行ってもいい？」

彼女は秀平が答えるよりも早く、すっと近づいてくる。しかも、肩と肩が触れ合うほど身を寄せてきた。

「ち、近すぎませんか？」

遠慮がちに告げると、彼女はますます身体を密着させてくる。肩だけではなく、腰や太腿まで、しっかり触れ合っていた。

「だって寒いんだもん。秀平って、あったかいね」

にっこり微笑みかけられると、なにも言えなくなってしまう。しかも、彼女は清楚で愛らしい顔立ちをしている。こんなことをされたら、どんな男でも気を許してしまうだろう。

（やっぱり、一美さんは……）

一課に在籍していたときに聞いた噂話を思い出した。

かつて三課に「オヤジ殺し」と呼ばれた女性社員がいたという。とにかく甘え上手で、上司や取引先の男を何人も虜《とりこ》にしてきたらしい。

（きっと、伊丹課長も……）

昨日、目撃した光景を思い出す。一課の課長である伊丹も、彼女の手練手管《てれんてくだ》で骨抜きにされたのだろう。会社では決して見せたことのない、だらしない笑みを浮かべていた。

「あ、あの……話って」

早く退散したほうがいい。どうにも二人きりだと落ち着かなくて、秀平は掠《かす》れた声で彼女をうながした。

「昨日のことなんだけど」

一美はいったん言葉を切ると、様子を探るように見つめてくる。秀平はまっすぐ前を向いていたが、横から強い視線を感じていた。

「な、なにも……俺はなにも知りませんよ」

重苦しい沈黙に耐えきれず、震える声で口走る。すると、一美が隣で小さく息を吐きだすのがわかった。

「やっぱり見てたんだ」

「み、見てません、本当になんにも見てませんから」

慌てて早口で捲《まく》し立てる。隣を見やれば、一美は肩を落としてうつむいていた。

「やさしいんだね。でもいいの、わたし気づいてたから……軽蔑したでしょ」

消え入りそうな声だった。落ちこんでいる彼女を見るのは初めてだ。不倫を知られたことがよほどショックなのだろう。

「年上の人に惹かれちゃうの……うち、母子家庭だったから」

もしかしたら、ファザコン気味なのかもしれない。年上の男性に、父親の姿を重ねているのではないか。そう考えると、印象はだいぶ違ってくる。奔放な彼女の本心を垣間見た気がした。

「大丈夫です。昨日、見たことは絶対に誰にも言いませんから」

秀平が決意をこめた口調で告げると、一美は顔をあげて「ふふっ」と笑った。

「やっぱり秀平だったんだ」

「は……？」

彼女はすっかり明るい表情になっている。先ほどまで落ちこんでいたのは演技だったのだろうか。

「ホテルに入るとき、チラッと後ろを見たんだよね。秀平に似てると思ったんだけど、確信がなかったの」

一瞬まずいと思ったが、伊丹が気づいていなかったので、そのままホテルに入ったという。

「ど、どうして……」

「だって、課長に言ったら、きっと焦って面倒なことになっちゃうでしょ。秀平はべらべらしゃべらないと思ったし」

確かにそうかもしれないが、今も充分に面倒な状況だ。もうこれ以上、巻きこまれたくなかった。

「俺、帰ります」

立ちあがろうとしたとき、スラックスの太腿に一美の手が置かれた。仕方なく座り直すと、彼女は真剣な瞳で見つめてきた。

「でもね、うちの話は本当だよ」

もうどこまで信用していいのかわからない。だが、澄んだ瞳を見ていると、心底悪い女性とは思えなかった。

「と、とにかく、俺は……」

彼女の手のひらが滑り、すっと股間に重ねられた。

「うっ……な、なにを？」

「まだ帰らないで」

耳もとで囁かれてどきりとする。一美は濡れた瞳で、秀平の目をまっすぐ見つめていた。

「昨日のこと、誰にも言わないって約束してくれるなら……」

スラックスの上から股間をやさしく撫でまわしてくる。ペニスをゆったり擦られて、途端に甘い刺激がひろがった。

「ちょ、ちょっと、なにしてるんですか？」

慌てて彼女の手首を摑むが、あっさり振り払われてしまう。そして、再び股間に手のひらが重ねられた。

「秀平が黙っててくれるなら、いいことしてあげる」

「い、いいことって？」

つい反射的に尋ねてしまう。すると、一美は口もとに笑みを浮かべて、至近距離から見つめ返してきた。

「興味あるみたいね」

「ち、違いますよ」

「誤魔化さなくたっていいでしょ。もうこんなになってるのに」

スラックス越しにペニスをキュッと握られる。撫でまわされた時点で、男根は芯を通して屹立していた。そこを握られたら抗えない。またしても快感が沸き起こり、思わず両脚が突っ張った。

「くうっ……」

たまらず呻き声が漏れてしまう。これでは彼女の思う壺だが、どうすることもできなかった。

「すごく硬くなってるよ」

一美が目を細めて、顔を覗きこんできた。

愛らしい顔立ちをしているが、手つきはやけに慣れている。スリッ、スリッと撫でまわしては、太幹をやさしく締めつけてきた。男根はますます硬くなり、秀平は瞬く間に抵抗力を奪われていった。

「そ、そんなことしなくても……い、言いませんから」

掠れた声で訴えるが、彼女は聞く耳を持たない。勝手にベルトを外して、ファスナーをさげると、スラックスとボクサーブリーフをめくりおろした。

「わっ、な、なにを……」

屹立したペニスが跳ねあがり、あたりに牡の匂いがひろがった。すでに亀頭はプラムのように膨らみ、我慢汁でしっとり濡れている。胴体部分には太い血管が浮かびあがっていた。

外気にひんやり撫でられて、ここが会社の屋上だということを思い出す。焦って周囲を見まわすが、近くに高い建物はないので誰かに見られることはないだろう。とはいえ、社員が屋上にあがってくる可能性はゼロではなかった。

「ま、まずいですよ」

ボクサーブリーフを引きあげようとするが、その手を軽く払われてしまう。そして、淡いピンクのネイルを施した指が、ペニスにそっと巻きついてきた。

「ああンっ、すごく太い」

一美が亀頭を見つめながらつぶやき、さっそく指をスライドさせる。スローペースでしごかれて、先ほどとは異なる直接的な快感が湧きあがった。

「ううっ……だ、誰かが来たら……」

「大丈夫よ、見つかったことないから」

彼女の言葉に驚かされる。どうやら、初めてではないらしい。もしかしたら、伊丹と屋上で密会していたこともあるのだろうか。

「ま、まさか……課長とも？」

「ふふっ、どうかなぁ」

一美は意味深につぶやくと、ペニスをしごくスピードを少しだけ速くする。先端から透明な汁が湧き出し、快感に腰が震えだした。

「くうっ、ま、待って……」

「気持ちいいの？　でも、まだまだこれからよ」

そう言うなり、一美は目の前にしゃがみこんだ。秀平の革靴を慣れた様子で脱がして、スラックスとボクサーブリーフをおろしはじめる。そして、つま先から抜き取り、ついに下半身を剝き出しにした。

(会社の屋上でこんな格好……)

動揺する秀平を無視して、彼女は脚の間に入りこんでくる。コンクリートにひざまずくと、屹立しているペニスの根元に手を添えてきた。

「もっと気持ちいいことしてあげる」

躊躇することなく股間に顔を寄せてくる。まさかと思ったときには、唇を亀頭にかぶせていた。

「くおおおッ！」

手でしごかれるのとは次元の異なる快感が突き抜ける。一美は巨大な肉の実を咥えこみ、柔らかな唇でカリ首を締めつけてきた。屋上で陰茎をしゃぶられるとは思いもしなかった。

（一美さんが、俺のものを口に……）

感激しながら己の股間を見おろした。

じつはフェラチオされるのは初めてだった。大学時代の恋人にも、してもらったことはない。いつか経験したいと思っていたことが、まったく予想していなかった形で実現していた。

夢にまで見た光景だった。ペニスの先端が女性の口内に収まっている。黒々とした太幹に、柔らかい唇が密着していた。

「あふっ……ンンっ」

一美は上目遣いに秀平の顔を見つめながら、ゆっくり唇を滑らせる。まるで焦らすような速度で、肉棒を少しずつ口内に収めていった。

「す、すごい……くううッ」

生暖かい吐息が亀頭に吹きかかり、熱い口腔粘膜が吸着してくる。しかも、視線が絡み合うことで、羞恥心が煽《あお》られるとともに快感が増幅していた。

（こ、こんなに気持ちいいなんて……）

今にもペニスが溶けてしまいそうだ。たっぷりの唾液でコーティングされて、柔らかい唇で、ヌルリッ、ヌルリッと擦られる。太幹が根元まで呑みこまれたかと思ったら、再びじりじりと吐き出されていく。それを何度も繰り返されて、頭の芯まで痺れてきた。

「おおっ……おおおっ」

もう唸ることしかできない。手の愛撫より刺激はソフトだが、涙が滲むほど心地いい。彼女がゆったり首を振るたび、腰に震えが走り抜けた。

「はむっ……ンふっ……あむぅっ」

一美はおいしいものでもしゃぶるように、男根を舐めまわしてくれる。積極的に舌を絡みつかせて、敏感な尿道口をチロチロとくすぐった。

「くううッ、そ、そこ、ううぅッ」

思わず天を仰ぐと、星が瞬く夜空が見えた。

ここは会社の屋上だ。足の下には、いつも働いているオフィスがある。もしかしたら、まだ誰かが残業しているかもしれない。そんな場所で、先輩の女性に陰茎をしゃぶられているのだ。

「お、俺は、なにを……」

信じられない状況だが、股間から全身へとひろがる快感が、これは紛れもない現実だと教えている。目の前にひざまずいた一美がペニスを口に含み、根元に右手を添えながら首を振っていた。

左手は内腿の付け根に這わせている。やさしく撫でまわしては、陰嚢《いんのう》を指先で揉みほぐしてきた。なかに入っている玉を転がしながら、唇で太幹をねぶられる。あまりの快感に、先走り液がトクトクと溢れ出した。

「き、気持ちよすぎて……ううッ」

「はむンンっ」

一美は注がれるそばからカウパー汁を嚥下《えんげ》していく。まったく嫌がる素振りを見せないどころか、恍惚《こうこつ》とした表情で牡の汁を吸いあげていた。

よくよく考えてみれば、一日中外回りの営業をしていたので、股間はかなり蒸れているはずだ。匂いも強くなっているのに、彼女は嬉々《きき》として陰茎を頬張り、カリの裏側にまで舌先を這わせていた。

「あ、洗ってないから……」

今さらながら声をかけると、彼女はペニスを咥えたまま目を細める。そして、ゆっくり唇を離して、熱い吐息を漏らした。

「洗ったりしたら、せっかくの匂いが消えちゃうでしょう。わたし、がんばって働いた男の人の匂いが大好きなの」

一美はそう言うと、再び陰茎を深く咥えこんだ。さっそく舌を絡みつかせて、首をねちっこく振りはじめる。ひねりを加えながら吸引されると、思わず尻がベンチから浮きあがった。

「そ、そんなに吸われたら……くううッ」

「ンふっ……はむっ……あふンっ」

彼女はリズミカルに首を振り、唇をヌメヌメと滑らせる。唾液が肉棒全体をコーティングして、愉悦が際限なく膨らんでいく。根元を指でしごかれて、陰嚢もやさしく揉みほぐされていた。

「ううウッ、も、もうっ」

両手でベンチの縁を摑み、押し寄せてくる愉悦の波を耐え忍ぶ。しかし、一美は愛撫を緩めることなく、首の動きを加速させた。

「ンっ……ンっ……ンンっ」

「ま、待ってくださ——ぬおおおッ」

このままでは暴発してしまう。懸命に訴えるが、それでもフェラチオは激しさを増す一方だ。すでにペニスは竿から皺《しわ》袋まで、彼女の唾液にまみれている。これが「オヤジ殺し」のテクニックなのかもしれない。唇と指で絶えず快感を送りこまれて、もうなにも考えられなくなっていた。

「ダ、ダメです……おおおおッ」

会社の屋上に、秀平に呻き声が響き渡る。ついには腰が跳ねあがり、彼女の口のなかで快楽が爆発した。

「も、もうっ、ううッ、もう出るっ、くおおおッ、出る出るうううッ！」

凄まじい勢いでザーメンが迸る。口腔粘膜に包まれて射精するのは、この世のものとは思えないほどの快感だ。ベンチの背もたれに体重を預けて、大きく仰け反りながら欲望を放出した。

「あンンンっ」

一美は射精中も首を振り、執拗に太幹をしごきあげてくる。そして、注がれる側から、精液を次から次へと嚥下していった。

「ンくっ……ンくっ……」

「そ、そんなことまで……おおおッ」

延々とペニスをしゃぶられて、いつまで経ってもアクメから降りられない。秀平は全身を痙攣させながら、フェラチオで精を搾《しぼ》りとられる法悦に酔いしれた。

4

「はあっ……いっぱい出たね」

射精が完全に収まるまでペニスをしゃぶりつづけると、一美はようやく唇を離して顔をあげた。

瞳を潤ませて、頬を艶っぽく上気させている。男根をねぶりまわし、大量のザーメンを飲みくだしたことで昂《たかぶ》ったらしい。ハアハアと息を乱して、タイトスカートのなかで内腿を擦り合わせていた。

「秀平のすごく大きいから……ヘンな気分になっちゃった」

一美はふらつきながら立ちあがると、ジャケットを脱いでいく。さらにはブラウスのボタンを外して、前をはらりとはだけさせた。

「な……なにしてるんですか？」

アクメの余韻で呆《ほう》けていた秀平だが、彼女の行動を目にして我に返った。

開いたブラウスの間から、レモンイエローのブラジャーが見えている。大きな乳房が今にもカップから溢れそうだ。身じろぎするたび波打つ柔肌が、深い谷間を作っていた。

「暑くなっちゃった……秀平のせいだよ」

一美はハイヒールを脱いで、タイトスカートまでおろしはじめる。つま先から抜き取ると、さらにストッキングにも指をかけた。秀平の視線を意識しながら、まるで薄皮を剝ぐようにゆっくり引きさげていった。

「おおっ……」

秀平は思わず唸っていた。

彼女はストッキングも脱ぐと、ハイヒールを履いて向き直った。ブラウスは羽織っているが、前は完全に開いている。レモンイエローのパンティが、ふっくらした恥丘に張りついていた。太腿もむちむちと肉づきがよく、どこもかしこも柔らかそうな女体だった。

「ねえ、もっと見たい？」

一美が語りかけてくるが、秀平は圧倒されて言葉を発することができない。ただ眼前の光景を呆然と見つめていた。

「昨日のこと、誰にも言わないでね」

彼女はそう言いながらブラウスに手をかけると、ゆっくり脱ぎ去った。そして、両手を背中にまわして、ブラジャーのホックをプツリと外した。

「あンっ」

小さな声とともに大きな乳房がまろび出る。カップを弾き飛ばして現れたのは、マシュマロを思わせる双つの柔肉だった。

いかにもオヤジ世代が歓喜しそうなピチピチの若い肌だ。どこもかしこも張りがあり、乳首は充血してぷっくり膨らんでいる。幻惑的なローズピンクで、コリッと硬くなっているのが触れなくてもわかった。

「もっと見たいでしょ」

一美は横を向くと、パンティにも手をかけた。ヒップを突きだすようにして、ゆっくり薄布をめくりおろす。プリッとした双臀が剝き出しになり、秀平は無意識のうちに身を乗りだしていた。

「ふふっ……秀平のエッチ」

照れ笑いを浮かべながら、パンティを片足ずつ抜き取った。

これで彼女が身に着けているのはハイヒールだけだ。会社の屋上で裸体を余すことなく晒している。ゆっくり秀平に向き直ると、小判形に整えられた秘毛が夜風になびいた。

（こ、これは……夢なのか？）

目の前で起こっていることが信じられなかった。

オフィスで隣の席に座っている先輩ＯＬが、堂々と裸になっている。いつ誰が来るかもわからない屋上で、生まれたままの姿になっていた。自分の目を疑うが、彼女の息遣いは本物だった。

「すごいのね、まだ大きいまま」

一美が物欲しげな視線をペニスに向ける。そして、腰をくねらせながら、ゆっくり歩み寄ってきた。

「こ、これは、その……」

フェラチオでたっぷり射精したにもかかわらず、男根は萎えていなかった。ストリップを見せつけられたことで、かえって野太くそそり勃《た》っていた。

「わたしが上になるから動かないで」

目の前に立った一美が、秀平の肩に手を乗せてくる。そして、股間をまたいでベンチに両膝をついた。

「ま、まさか……」

乳房が迫ってきたかと思うと、そのまま顔面に押しつけられる。鼻先が谷間に挟まり、頬に柔肉がぴっとり密着した。

「うむむっ」

ふんわりした乳房に顔面を包みこまれる。思わず彼女の背中に手をまわし、女体をぐっと抱き寄せた。顔を左右に揺すると、鼻がますます谷間にめりこんだ。息苦しさに襲われるが、それより心地よさのほうが上回っていた。

「ああンっ、くすぐったいわ」

一美が甘い声を漏らして身をよじる。すると、さらに乳房が密着して、口まで完全に塞がれてしまった。

「い、息が……」

わずかな隙間があるだけで、ほとんど呼吸ができない。それでも、乳房の柔らかさにうっとりした。

(ああ、一美さんのおっぱい……)

目も塞がれてなにも見えない。だが、視界を奪われたことで、全身の感覚が鋭敏になっていた。彼女の滑らかな背中を擦り、顔を揺すって柔肉の感触を堪能する。その直後、屹立したままのペニスが、柔らかいものにクチュッと触れた。

「ううっ……か、一美さん」

彼女の陰唇が押し当てられたに違いない。二枚の女陰が、亀頭の先端を包みこむのがわかった。

「すごく熱い……秀平のこれ」

一美の囁く声が聞こえて、股間がさらに押しつけられる。彼女が腰を落としているのだ。亀頭がニュルッと呑みこまれて、女壺のなかに埋没した。

「ああっ、入ってくる」

「ぬううぅッ！」

顔を乳房の谷間に埋めた状態での対面座位だ。亀頭が膣襞に包まれて、さらにカリ首が膣口で締めあげられる。すると不思議なことに、息苦しさも快感になり、たまらず腰をもじつかせた。

「き、気持ち……くううッ」

「あンっ、そんなに動いたら、なかが擦れちゃう」

一美も秀平の肩をしっかり抱き、さらに乳房を押しつけてくる。もはや窒息寸前だが、この快楽を手放したくない。いつまでも乳房に触れていたかった。

「どんどん入ってくる……はああンっ」

彼女の腰が完全に落とされて、長大な肉柱がすべて蜜壺のなかに嵌《はま》りこんだ。溢れた華蜜がペニスをぐっしょり濡らしていく。陰嚢まで垂れ流れて、しっとり包まれていくのがわかった。

「大きいから……あンっ、当たってる」

一美が耳もとで囁いた。

亀頭は最深部に到達しており、先端が行き止まりを圧迫している。張りだしたカリは膣壁にめりこみ、無数の襞が竿に絡みついていた。

「うう ッ……ううう ッ」

凄まじい快感が湧きあがるが、それを伝える術《すべ》がない。顔面は乳房のなかに埋まっており、言葉を発することはもちろん、目で合図することすらできなかった。

「動いてあげる……すぐにイッちゃダメよ」

甘い囁きとともに、耳穴に息を吹きこまれる。背筋がゾクゾクして、彼女の腰を強く抱きしめた。

「興奮してるのね、わたしも興奮しちゃう……ああンっ」

股間をぴったり密着させたまま、ゆったり腰をまわしはじめる。途端に湿った音が響き渡り、先走り液が大量に溢れ出した。

「うむううッ」

口を塞がれているため、くぐもった声にしかならない。無数の膣襞がペニスに絡みついてきて、四方八方から捏ねまわされていた。

「ああっ、硬い……それに太いわ」

一美は女穴と男根を馴染ませるように腰をくねらせると、いよいよ本格的に動きはじめる。膝の屈伸を使い、尻をゆったり上下に弾ませた。

そそり勃った肉柱が、スローペースで蜜壺に出し入れされる。カリで膣壁を擦るたび、愉悦の小波《さざなみ》が押し寄せた。奥まで嵌りこんだとき、子宮口が亀頭の先端に吸いついてくる感覚も鮮烈だった。

（く、苦しい……けど、気持ちいい）

矛盾しているようだが、男にとってこれほど嬉しい苦しみはない。むしろ、苦しければ苦しいほど気持ちよくなる。ほとんど呼吸できなくても、ペニスは反り返る一方だった。

なにしろ、顔に乳房を密着させられた状態で、騎乗位で繋がっているのだ。自分はまったく動いていないのに、彼女が腰を振ってくれる。双乳の感触を味わいながら、女壺でペニスをしごかれていた。

「くううッ……うむううッ」

乳房の海に溺れて、快楽に呑みこまれていく。これ以上の至福があるだろうか。頭のなかが真っ赤に染まっている。意識が徐々に遠のいていくのを感じながら、秀平はこれまでにない多幸感に包まれていた。

「ぶはぁっ！」

もう気を失うと思った直後、乳房が離れて大量の空気が肺に流れこんだ。目の前がちかちかして、思考は靄《もや》に包まれている。ようやく呼吸が落ち着いたときには、一美が楽しげに見おろしていた。

「苦しいのが気持ちいいんでしょ……男の人はみんな悦《よろこ》ぶのよね」

清楚な顔をしているが、かなり経験を積んでいるのだろう。一美は女神のような笑みを浮かべながら、秀平の顔を両手で挟みこんできた。

「ふふっ、うっとりしちゃって」

頰を撫でまわしながら、腰を上下に振りたてる。ペニスが粘膜で擦られて、下肢がガクガクするほどの快感が突き抜けた。

「ううッ、か、一美さん」

たまらず名前を呼んで訴えるが、まだ射精することは許されない。あくまでもスローペースの腰振りで、彼女の思うがままに弄《もてあそ》ばれていた。

「舐めてもいいよ」

乳首が口もとに寄せられる。秀平はほとんど無意識に唇を開き、乳首にむしゃぶりついていた。

「あンっ、そうよ、もっと吸って」

一美の声が艶を帯びる。喘ぎ声が夜の屋上に響き渡るが、気にする様子もなく腰の動きを速めていく。クチュッ、ニチュッという湿った音が気分を盛りあげて、反り返った陰茎の芯が痺れはじめた。

「き、気持ち……くううッ」

乳首に舌を這わせて吸いあげる。乳輪までぷっくり隆起しており、しゃぶるほどに彼女の腰の動きが加速した。

「ああっ、いい、秀平の大きいから」

一美が喘いでくれるから、快感はさらに大きくなる。自分のペニスで女性が感じていると思うと、男としての自信が漲《みなぎ》ってきた。

「一美さんのおっぱいも……す、素敵です」

褒め称えて、双つの乳首を交互に舐めまわす。すると、彼女の感度もアップしたらしく、膣がキュウッと収縮した。

「くおッ、し、締まるっ」

「ああンっ、わたしも感じちゃう」

腰の上下動が激しくなる。悦楽の大波が押し寄せると同時に、すぐ目の前で量感のある乳房が大きく弾んだ。

「ま、待ってくださ——くううッ」

いきなり射精欲がこみあげて、奥歯を強く食い縛った。なんとかギリギリのところで耐え忍ぶが、決壊のときは迫っていた。

すると、一美は腰の動きをピタリととめてしまう。唐突に快楽が途切れて、秀平は思わず腰を揺すっていた。

「まだダメよ」

彼女は目を細めて言うと、ゆっくりヒップを浮かせていった。膣口から亀頭が抜け落ちて、愛蜜がトロリと糸を引いた。

「ど……どうして？」

つい不満げな声が漏れてしまう。絶頂がすぐそこに見えていたのに、あと一歩のところで快楽をはぐらかされたのだ。行き場のない欲望を持て余して、秀平は懇願するように彼女を見あげた。

「すぐにイッたら、もったいないでしょ」

一美は悪戯《いたずら》っぽい笑みを浮かべて見おろしてくる。そして、ベンチから降りて目の前に立ち、こちらにくるりと背中を向けた。

「せっかくだから、もっと楽しみたいの」

後ろ向きに秀平の両脚をまたぐと、ゆっくり腰を落としてくる。がに股のような体勢で、ヒップを後方に突きだす格好だ。双臀のボリュームが強調されて、思わず尻たぶに両手をあてがった。

「あンっ、邪魔しないで」

一美はペニスの根元に指を絡めると、自ら膣口に導いた。さらに腰を落とせば、亀頭が媚肉の狭間に埋没する。硬直して反り返った男根は、再び女壺のなかに呑みこまれていった。

「ま、また……うううッ」

「はあンっ、奥まで来るぅっ」

腰を完全に落としこむと、一美は大きなヒップを震わせた。

背面座位で深々と繋がったのだ。先ほどとは当たる角度が違うらしい。彼女は全身の毛穴から汗を滲ませて、艶《なま》めかしく腰をくねらせた。

「そんなに動いたら、俺、すぐ……」

あっという間に昇りつめてしまいそうだ。とっさにくびれた腰を摑んで、彼女の動きを制していた。

「だって、こんなに太いなんて……はああンっ」

彼女の腰の動きはとまらない。円を描くようにくねらせて、鋭角的に張りだしたカリを膣壁に擦りつけていた。

「くおッ、す、すごい……」

秀平も額に玉の汗を浮かべながら耐え忍ぶ。簡単に暴発したら格好悪い。経験豊富な一美には敵わなくても、少しは粘るところを見せたかった。

「ああっ、ゴリゴリ擦れてるの」

一美は両手を秀平の膝に置くと、いよいよ腰を上下に振りはじめた。ハイヒールの足をコンクリートの床につき、がに股になってピストンする。天に向かってそそり勃つペニスを、まずはゆったりとしたペースで出し入れした。

「あっ……あっ……やっぱりいい」

「お、俺も……ううッ、俺もです」

我ながら奇跡的な持久力だ。とはいっても、フェラチオで一度射精している。あれがなければ、最初の対面騎乗位で挿入した瞬間に暴発していただろう。とにかく、少しでも長く耐えたかった。

逆ハート形の大きなヒップが上下に揺れている。臀裂の下方を覗きこめば、華蜜で濡れそぼった女陰が、硬直した陰茎を呑みこんでいた。

「か、一美さんのアソコが……」

艶めかしい光景に釘付けだった。

思わず尻たぶを掴んで、臀裂をググッと割り開いた。肉柱が出入りするたび、二枚の陰唇がめくれたり巻きこまれたりする。しかも、太幹と女陰の隙間から、愛蜜がジクジク溢れてとまらない。その光景があまりにも卑猥で視線を逸らせなかった。

「お尻の穴も丸見えだ……」

秀平がぽつりとつぶやいた瞬間、尻穴が恥ずかしげに収縮した。

「ああンっ、やだ、そんなところ見ないで」

彼女はそう言いながらも、腰を振りつづけている。もしかしたら、羞恥が快感に変わっているのだろうか。照れているが、腰の動きはむしろ加速していた。

「ああッ、いやンっ、ああッ」

「くうッ、は、激しいっ」

またしても快感の大波が押し寄せてくる。秀平はとっさに両手を女体にまわし、量感たっぷりの乳房を揉みあげた。

「あああッ、しゅ、秀平っ」

一美の喘ぎ声が変化する。彼女も追いつめられているのは間違いない。双乳を揉みまわして、乳首を摘みあげれば、膣が収縮してペニスを思いきり締めあげた。

「くおおおッ、お、俺、もうっ」

「はああンっ、ダメ、今はダメぇっ」

秀平が唸り声をあげれば、一美もいっそう艶めかしい声を響かせる。彼女はベンチがミシミシ鳴るほど腰を振り、ヒップを勢いよく叩きつけてきた。

「ああッ、あああッ、いいのっ、課長よりもいいっ」

「おおおッ、気持ちいいっ、おおおおッ」

「はあああッ、もうイキそうっ」

もの凄い勢いでアクメの大波が押し寄せてくる。秀平も真下から腰を突きあげた瞬間、ついに二人は快楽の嵐に呑みこまれた。

「くおおッ、で、出るっ、もう出るっ、くおおおおおおッ！」

「あああッ、い、いいっ、わたしも、あああッ、イクッ、イクイクううッ！」

秀平は欲望を解き放った。精液が尿道を駆け抜ける衝撃は凄まじく、たまらず唸りながら愉悦に酔いしれた。それと同時に、一美も裸身を硬直させる。夜空を見あげて背中を反らすと、感電したように全身が痙攣した。

「はあああッ、い、いいっ、はああああああああああッ！」

よほど深い絶頂なのか、蜜壺はペニスを締めつけたまま離さない。全身を仰け反らせたまま、一美はオルガスムスに溺れていった。

秀平も女体を背後から抱きしめて、最後の一滴までザーメンを注ぎこんだ。頭の芯まで痺れるほどの快感で、もうなにも考えられなくなっていた。

会社の屋上で同時に昇りつめていった。

力つきた一美が倒れこんでくる。秀平はしっかり受けとめると、顔を振り向かせて唇を重ねていった。彼女はまったく嫌がることなく舌を絡めてくる。快感を享受した後の口づけは、身も心も蕩《とろ》けるほど甘美だった。

二人は並んでベンチに腰かけていた。

身なりを整えて、何事もなかったように夜空を見あげている。だが、ついさっきまでセックスしていた。会社の屋上で欲望を剝き出しにして、無我夢中で腰を振りまくっていたのだ。

一美の「オヤジ殺し」のテクニックは本物だった。秀平は身をもって体験した。彼女が本気になれば、落とせない男はいないだろう。

(伊丹課長とは、どういうつもりで……)

一課への異動を目論んでいるのだろうか。

彼女なら伊丹を虜にすることも可能だろう。自分を引き抜いてくれるように懇願すれば、言うとおりにしてもらえるのではないか。お荷物部署の六課にいるより、なんとかして〝花の一課〟に移りたいと思うのは当然のことかもしれない。

「伊丹さんとは、そろそろ別れるつもりだったの」

秀平の心のなかの疑問に答えるように、一美がぽつりとつぶやいた。

「すごくやさしい人だけど、あの人には家庭があるから」

「……え?」

意外な言葉だった。思わず隣を見やると、彼女は透きとおった瞳で夜空の星を眺めていた。

異動などを画策していたわけではなく、ただ単に年上男性とのアバンチュールを楽しんでいただけなのではないか。

一美が六課のみんなを裏切るはずがない。

肌を合わせたせいか、心からそう思うことができた。今となっては、どうして彼女を疑ったのか不思議なくらいだった。

「ちょっと、なにニヤニヤしてるのよ」

「別に——イテテっ！」

視線に気づいた一美が絡んでくる。頬を本気でつねられて痛みが走るが、それすらも嬉しくて笑っていた。

第四章　ベッドの上の女課長

1

一美と関係を持ってから三日が経っていた。

あの夜は会社の屋上という危険なシチュエーションもあいまって、かつてないほど盛りあがった。しかし、あくまでも口止めのためのセックスだ。当然ながら、一夜だけの夢だった。

翌朝、会社で一美に会ったとき、秀平は何食わぬ顔を心がけた。前夜のことは誰にも知られてはならない。当然ながら、彼女もこれまでと同じように接してくると思っていた。

ところが、一美は予想外の行動を取った。なにかと秀平に話しかけては、笑顔を向けてくるのだ。明らかに以前と態度が変わっていた。肌を重ねたことで、心の距離が縮まったのは間違いなかった。

勘のいい人なら、二人の間になにかあったと訝しむに違いない。実際、斜め向かいの席に座っている唯は、ちらちらとこちらに視線を送ってきた。

玲子は気にしている様子はなかったが、この状態がつづくとばれてしまうのではないか。自由奔放な一美を見ていると、不安は募る一方だった。

「ちょっと、まずいですよ」

一美と二人きりになったときに伝えると、彼女はきょとんとしていた。自分の態度が以前と違うことを、まったく自覚していなかった。

思うままに行動するところが、一美の魅力なのかもしれない。「オヤジ殺し」のテクニックだけではなく、そういう素直なところが、年配の男からみたら可愛く見えるのだろう。とにかく、普通に接するように頼み、なんとか今は以前の状態に戻っていた。

一美とのことが落ち着き、またしても営業の日々だった。

六課に異動して一か月近くになろうとしている。玲子について営業の勉強をしてきたが、そろそろひとり立ちのときが迫っていた。

今日も玲子の提案で、朝から単独で外回りの営業を行った。

唯に作ってもらった資料を参考にして、個人商店ばかりをまわってきた。新規の契約は取れなかったが、多少は話を聞いてもらえるようになり、それなりの手応えは感じていた。

だが、最後に立ち寄った店で事件は起こった。

秀平が以前ひとりでまわったときに興味を示してくれた『鈴山《すずやま》ストア』という個人商店で、試しに商品を置いてもらっていた。まだ仮契約の段階だったが、注文をもらって納品したヘルシーシリーズが、予想の売上を大幅に下回っていたのだ。

だが、問題は売れ残ったことだけではなく、契約条件にも及んでいた。

樽橋フーズの取引方法は「買い取り」と「返品あり」の二通りだ。「買い取り」だと卸値が安くなるが、売れ残った場合は店が負担することになる。「返品あり」の場合は卸値が高くなる代わり、売れ残った分に関しては樽橋フーズが引き取るため店の損害はいっさいない。

店がどちらかの条件を選んで契約を結ぶことになる。『鈴山ストア』の年老いた店主、鈴山伸夫《のぶお》はずいぶん迷っていたため、秀平は卸値が安くなる「買い取り」を勧めた。ヘルシーシリーズは賞味期限の長いレトルト食品なので、店側が「返品あり」を選ぶメリットは少なかった。

そして、多めに注文をもらってヘルシーシリーズを納品した。当初はたくさん卸すことができて喜んでいたが、初動は予想よりも悪かった。

とはいえ、賞味期限は一年近く先なので、棚に並べておけば少しずつ売れていくはずだ。できれば長い目で見てもらいたいが、店主はもっと動きのいい商品を置きたいと考えていた。

（参ったなぁ……）

夕方、秀平はふらふらになって会社に戻った。

低調な売上に憤慨した鈴山は、売れ残った商品をなんとかしろと迫ってきた。そう言われても、仮とはいえ買い取りの契約を交わしているので、秀平がどうこうできる問題ではない。この話はいったん会社に持ち帰って、上司に相談すると答えるしかなかった。

「戻りました……」

六課のオフィスに入ると、誰とも目を合わせず自分の席についた。

こういうとき、軽口を叩いてくれる一美がいれば気が紛れるが、すでに退社してしまったらしい。隣の席に彼女の姿はなかった。

鈴山には上司に相談すると言ったが、いざとなると躊躇してしまう。失敗したことを報告するのは勇気がいるものだ。店主に散々怒られて帰ってきて、今度は上司から叱られると思うと気が滅入《めい》った。

そのとき、ジャケットの内ポケットでスマホが振動した。取り出して確認すると、唯からメールが届いていた。

『なにかあったの？』

どうしてわかったのだろう。はっとして顔をあげると、斜め向かいの席に座っている唯が、心配そうな視線を送ってきた。

『じつは、ちょっとミスをしちゃいまして』

メールを打ちこんで返信した直後だった。

「片山、報告は？」

ふいに玲子が声をかけてきた。

向かいの席から、じっとこちらを見つめている。内心を見透かすような瞳に、秀平は思わず言葉を失った。

「黙ってたら、なにもわからないでしょう」

いつもの強い調子で迫ってくる。だが、よくよく考えると、これまで玲子のほうから単独営業の報告を求めてくることはなかった。

「対処は早ければ早いほうがいいのよ」

どうやら、なにかあったと悟っているらしい。だから、こうして執拗に尋ねてくるのだろう。

「目の前で暗い顔されてたら、気になって仕事にならないわ。はい、報告！」

「は、はい！」

玲子に急かされて、思わず背筋がまっすぐ伸びた。

今さら誤魔化したところで意味はない。秀平は『鈴山ストア』での出来事を、順を追って説明した。

「店主に怒られて、あなたはどうしたの？」

「自分の判断ではどうにもできないので、会社に戻って上司に相談すると……」

「わたしみたいに、なにか言い返したわけじゃないのね」

「そ、そんなことは……」

店主の怒りは少々理不尽だとは思ったが、なにも言い返さなかった。頭をさげるのが営業の仕事だと、一課にいたころから徹底的に叩きこまれていた。平気で言い返すのは玲子くらいだろう。それでも成績は抜群なのだから、彼女の営業力は特筆すべきものがあった。

「そう、わかったわ」

玲子は腕組みをして、なにやら考えはじめた。

意外な反応だった。てっきり叱られると思って肩をすくめていた秀平は、どきどきしながら次の言葉を待っていた。

「課長にも伝えて」

玲子はすぐに判断をくだして立ちあがった。

「この案件はわたしが処理するより、課長に頼んだ方がいいわ」

突き放された気がして一瞬がっかりするが、なぜか玲子は課長席までついてきてくれた。

「少々お時間よろしいでしょうか」

デスクの前に立った玲子が切り出すと、京香はやさしげな瞳で見あげてくる。そして、玲子と秀平の顔を交互に見やった。

「話なら聞こえていたわよ。『鈴山ストア』さんの件ね」

「す……すみません」

秀平はようやく言葉を搾り出した。京香は決して声を荒らげたりしないが、部下を甘やかすわけではない。仕事に対して厳しいことは、一課の連中をきっぱり追い返したときに感じていた。

「玲子ちゃんはどう思うの？」

京香が穏やかな声で問いかける。すると、玲子は即座に口を開いた。

「片山なりに、真面目に仕事をした結果です」

意外な言葉だった。

玲子は背筋をまっすぐ伸ばした美しい姿勢で、椅子に座っている京香に視線を向けていた。

「上手く処理すれば、片山の二つ目の契約になります。なんとかしてあげることはできないでしょうか」

淡々としているが、彼女の言葉には熱が籠《こ》もっている。あの厳しい玲子が、怒らないばかりか庇ってくれた。その事実が、涙が滲むほど嬉しかった。

「れ、玲子さん」

思わず名前で呼んでしまい、言った後ではっとする。ところが、玲子も京香も気にしていなかった。

「玲子ちゃんがそこまで言うなら」

京香は満足げに微笑むと、秀平に顔を向けた。

「今回は納品数が多すぎたみたいね。これも勉強になったでしょう」

「はい……」

「たくさん卸せばいいというわけではないわ。お店の規模に合わせた納品数を覚えないとね」

諭すような言葉に、秀平は涙をこらえながら頷いた。

がんばって失敗した秀平のことを、玲子も京香もいっさい責めなかった。二人のやさしさが伝わり胸に染みた。


対処は早いほうがいいということで、すぐに『鈴山ストア』へと向かった。

「あの……すみません」

「気にしなくていいのよ。部下をフォローするのがわたしの役目なんだから」

電車のなかで、再び秀平が謝罪すると、京香はそう返してきた。

どこまでもやさしい言葉に、またしても涙腺《るいせん》が緩みそうになる。だが、まだ問題は解決していない。泣いている場合ではなかった。

（課長、ありがとうございます）

感激で胸が熱くなったとき、電車が駅のホームに滑りこんだ。

「行きましょうか」

京香が確認するように見つめてきた。

「はい、よろしくお願いします」

秀平は気合いを入れ直して、唇をぐっと引き結んだ。

駅から歩くこと十数分、二人が『鈴山ストア』に到着したのは、すっかり日が暮れた六時半過ぎだった。

「おまえの言うとおりに注文して、こんなに余ったんだ。どうしてくれるんだ」

店主は秀平を見るなり捲し立てた。先ほど来たときより、怒りが増幅している感じがした。

「このたびは、部下が申しわけございませんでした」

京香は名刺を差し出して自己紹介すると、さっそく深々と頭をさげる。グレーのスーツが似合う女上司が、腰を九十度に折って謝罪しているのだ。それを目にした秀平は、いたたまれない気持ちになった。

「す、すみませんでした！」

課長の隣で頭をさげる。なんの権限も持たない秀平にできるのは、心をこめて謝罪することだけだった。

「いくら口先で謝ってもらっても、仕入れたものが売れるわけじゃないからね」

鈴山はまったく聞く耳を持たない。課長がわざわざ謝罪に訪れているのに、態度はまったく軟化しなかった。

「そもそも、買い取りなら卸値が安いけど、返品ありなら高くなるって、おかしくないか？」

「申しわけございません。小売店さまがあってのメーカーです。わたくしどもも、できるだけ安く卸したいと思っております」

京香はあくまでも低姿勢だ。そこに乗じるように、鈴山の態度はますます大きくなった。

「あんたたちはそう言うけど、スーパーとうちみたいな小さな店では、端っから条件が違うんだろう」

確かに店主の言うとおりだ。大手チェーン店の場合、特別に安い卸値に設定されていることは珍しくない。競合他社より多く注文をもらったり、より売れる棚を確保するためには卸値をさげるしかない。それでも、個人商店とは販売数が桁違いなため、充分に採算は取れる仕組みだった。

実際、今回の鈴山ストアの納品数は、新製品三種類が各十個ずつ。計三十個の納品しかない。冷静に考えれば、五個ずつの納品が妥当だった。

「うちの卸値もさげてもらえれば納得がいくんだけどな」

今はまだ仮契約なので、ここぞとばかりに吹っかけてきたのだろう。

個人商店の経営が厳しいのはわかっている。だが、納品数が少ないのに卸値をさげてしまったら、メーカーの儲けはほとんど出なかった。

（この人の言ってること、メチャクチャだよ……）

秀平は頭をさげながら、心のなかでつぶやいた。

こういう無理難題を要求してくるのは、小さな店に多かった。ちょっとしたミスにつけこみ、代わりに商品を安く仕入れようとしたり、返品を認めさせようとしたり、なんとか特別な条件を引き出そうとする。経験の浅い秀平では、とても対処できなかった。

「あんたたちは、一件でも多く契約を取らなくちゃいけないんだろう。だったら、条件を見直して――」

「申しわけございませんが、契約の条件は変えられません」

京香の言葉は思いのほかきっぱりしていた。

鈴山がむっとした様子でにらんでくる。それでも、京香は顔をあげて、静かに語りつづけた。

「納品した商品に関しましては、今回に限り引き取らせていただきます。本契約を結ぶのであれば、仮契約と同じ条件になりますので、よろしくお願いいたします」

誠心誠意、謝罪していた京香だが、契約の話になるといっさい譲る様子を見せなかった。そんな女上司の毅然とした姿に、秀平は感動すら覚えていた。

結局、契約は取れなかった。

自分のミスで京香に迷惑をかけたにもかかわらず、なんの成果も得られなかったのだ。店を出て駅に向かう途中、秀平は黙っていられず足をとめた。

「課長、本当にすみませんでした」

もう目を見ることができなかった。うつむいたまま謝罪すると、肩をやさしくポンポンと叩かれた。

「これも経験よ」

「でも、課長にまで迷惑を……」

「これくらい、よくあることよ。ほら、前を向きなさい」

うながされて、おずおずと顔をあげていく。すると、京香が満面に柔らかい笑みを浮かべていた。

「じゃあ、気分直しに今日は飲みに行きましょうか」

思いもかけない言葉だった。落ちこんでいる秀平を見かねたのだろう。そんな彼女の気持ちが伝わり胸が熱くなった。

「今夜、なにか用事はある？」

秀平が首を振ると、京香は「決まりね」と言ってスマホを取りだした。

会社にいる玲子に簡単な報告をして、このまま戻らず飲みに行くことを伝える。そして、あらためて秀平に向き直った。

「こういうときは飲むにかぎるわ」

明るく言ってくれるが、気を遣わせていると思うと、また申しわけなくなってしまう。完全に負のスパイラルに嵌りこんでいた。

2

「がんばった結果じゃない」

京香が慰めの言葉をかけてくれるが、秀平の気分は落ちていく一方だった。

二人は居酒屋のボックス席で、向かい合って腰かけていた。駅の近くにある大衆店で、店員の元気な声が飛び交っている。壁にはジョッキを手にした水着美女のポスターが貼ってあった。

秀平はすでにビールの中ジョッキを一杯飲み干しているが、それくらいで吹っ切れるはずもない。ツマミの枝豆と鶏の唐揚げが運ばれてきたが、ひたすらビールばかり飲んでいた。

「片山くんはまだ若いんだから、失敗することも勉強よ。みんな失敗して今があるんだから」

「みんな……ですか？」

「ええ、わたしも、それに玲子ちゃんもね」

京香は懐かしそうに目を細めて、「ふふっ」と笑った。

「玲子ちゃんが新人のときに教えたのは、わたしなのよ」

そう言われてみれば、二人とも以前は一課の所属だ。六課が新設されたとき、同時に異動していた。

一課時代も含めると、二人はすでに八年以上のつき合いだった。玲子が新卒で入社したとき、京香は二十九歳だったという。当時、主任だった京香は、今では考えられないが、かなり尖っていたらしい。

「仕事で認められたいっていう気持ちが強かったの。やっぱり男社会でしょう、負けたくなくて突っ張ってたのね。新人のころは失敗が多くて、先輩に叱られてばっかりだったわ」

まったく想像できない。意外な事実を聞かされて、秀平は思わず京香の顔を見つめていた。

「玲子ちゃんみたいな感じって言ったらわかりやすいかしら。片山くんが来たばかりのころの、もっとカリカリしていたときの玲子ちゃんね」

その言葉にも驚かされる。普段はあまり口を出さないが、部下のことをよく観察していた。玲子は確かにずいぶん丸くなったような気がする。最近は頭ごなしに怒られることもなくなっていた。

「わたしが教育係だったから、玲子ちゃんはあんな感じになってしまったの。厳しくしすぎたのがいけなかったのね。いつも泣いてたわ」

「えっ、玲子さんが？」

つい前のめりに聞いてしまう。あの玲子が叱られて泣いていたとは、にわかには信じがたかった。

「人前で涙を流したりはしないわよ。トイレから戻ってきたら、目が赤くなっていたりとかね。それでも弱音はいっさい吐かなかったの」

昔から負けず嫌いだったらしい。今はなにがあっても動じない玲子が、トイレで隠れて泣いていたとは意外だった。

「課長はずいぶん変わったんですね」

それほど厳しかった京香が、今は誰よりも穏やかだ。いったい、彼女になにがあったのだろうか。

「結婚したことが転機になったの。自分のことばかりじゃなくて、相手のことも考えてあげられるようになったわ」

誰かを思いやる気持ちが、仕事にも影響を与えたらしい。秀平には、わかるようでわからない話だった。

「玲子ちゃん、今はまだ仕事一筋だから」

そこでいったん言葉を切ると、京香は誤魔化すように笑みを浮かべた。

「余計なこと言っちゃったかしら、今のは絶対に内緒よ」

おどけた調子で言って、ビールを喉に流しこんだ。そして、秀平の分も合わせて、中ジョッキを注文してくれた。

「だから、片山くんがそんなに落ちこむことないのよ」

そう言われても、自分が玲子のように優秀な成績をあげられるようになるとは思えなかった。

「玲子さんを見てると、自信がなくなっちゃうんです」

最初は六課に異動になって腐りかけていた。営業一課にいた自分が、お荷物部署と陰口を叩かれている六課に出されたのだ。とにかく嫌で嫌で仕方なかった。ところが、玲子といっしょに外回りをしているうちに、これまでの認識が間違っていたことに気がついた。

「この間、玲子ちゃんが言ってたわよ。片山くんはまだまだ未熟だけど、熱意だけはあるって」

「……え？」

玲子が自分のことを、そんなふうに評価していたとは知らなかった。直接なにも言ってくれないので、あまり相手にされていないと思っていた。

「玲子さんが、そんなことを……」

「めったに人のことを褒めないのよ。片山くんが初めてかもしれないわね」

嬉しい言葉だった。あの玲子が褒めてくれたとは、天にも舞いあがる気持ちだ。しかし、同時にプレッシャーも感じてしまう。バリバリ営業をしている玲子に、将来の自分の姿を重ねることはできなかった。

熱意を持って仕事をしているが、今日も失敗した。あんな風に仕事が出来るようになれるとは、どうしても思えなかった。

運ばれてきたビールをグイッと飲んだ。酔うことで不安を一時的にでも忘れたいと思う。だが、心は晴れなかった。

「でも、俺なんて……」

「自棄《やけ》になってはいけないわ」

「営業に向いてないんです。だから一課を出されたんじゃないですか」

つい愚痴がこぼれてしまう。思考がマイナスになっているので、悪いことしか浮かばなかった。

「それは違うわよ。片山くんは、必要とされて六課に来たの」

京香はビールを追加注文すると、諭すように語りかけてきた。

「いいですよ、慰めてくれなくても」

もうなにを言われても、まっすぐ受けとめることができなかった。

入社二年目の若手社員が異動するなど聞いたことがない。そもそも、人事異動が発令されるときは、事前に上司から打診があったり、噂が流れたりするものだ。ところが、秀平の場合そういった前兆はいっさいなかった。なにか問題を起こしたのならともかく、唐突に辞令がくだされたのだ。

「きっと、俺は一課に捨てられたんです」

「片山くん、よく聞いて」

京香が身を乗りだすようにして見つめてくる。口調も強くなっており、秀平は思わずジョッキをテーブルに置いて背筋を伸ばした。

「キミはわたしが一課から引き抜いたの」

思いも寄らない言葉だった。

あまりにも突拍子がなくて信じられないが、冗談を言うような状況でもない。なにより、彼女の瞳は真剣そのものだった。

「課長が……どうして、俺なんかを？」

半信半疑のまま問いかけた。

ようやく仕事を覚えたばかりの平社員を、他の課で必要とする理由などあるはずがない。新人のなかで目立った成績をあげたわけではなく、将来を有望視されていたわけでもなかった。

「六課に必要な人材を探して、ときどき他の営業部のフロアを覗いていたの。それで、片山くんに目をつけたのよ」

京香の口調が熱を帯びている。どうやら、ただの慰めの言葉ではないらしい。だが、今ひとつ話が見えなかった。

「あの……よくわからないです」

「こんなこと、言うつもりはなかったんだけど」

そう前置きしたあと、京香は意を決したように語りはじめた。

「片山くんが加わることで、課の空気が変わることを期待していたの」

「空気……俺が入ることで？」

「キミの一課での仕事ぶりを見ていて、きっと六課の潤滑剤になってくれると思ったのよ」

六課は個性の強い女性社員の集まりだ。個々の能力は高いが仲間意識が低く、チームワークという概念はいっさいない。問題があって他の課を出された者たちなので、当然といえば当然のことだった。

そんな女性たちをまとめるのは容易なことではない。京香は悩んだ末、もうひとり社員を加えようと考えた。

「わたしが一課長に直接交渉したの」

京香はきっぱり言いきった。自分の決断に満足しているのか、その瞳は自信に満ち溢れていた。

「実際、雰囲気はすごくよくなってるわ。片山くんが六課に来て、みんな少しずつ変わってきたの」

「どうして、俺が……」

「真面目で熱意もあるけどガツガツはしていなくて、周囲を和ませる感じもよかった。キミしかいないって思ったわ」

そんなことを言われたのは初めてだ。嬉しいのと戸惑いが半々だった。その後も京香は、六課にとって秀平がいかに必要な人材かを語りつづけた。

3

「んんっ……」

気づくと知らない場所だった。

秀平はアイボリーの布製ソファに横たわっていた。周囲を見まわすと、十畳ほどのリビングだった。

目の前のテーブルには、ペットボトルのミネラルウォーターが置いてある。モスグリーンのカーテンが閉められているので、外の様子はうかがえない。壁際には木製のサイドボードがあり、洋酒のボトルやグラスが並んでいた。

(ここは……)

居酒屋で京香と飲んでいたはずだった。

意外な事実を知らされて、つい飲みすぎてしまったらしい。身を起こしてソファに座ると頭の芯がクラクラした。それでも、吐き気がないのは救いだった。

「あら、起きたのね」

リビングのドアが開いて京香が入ってきた。

なぜかスーツではなく、パイル地の白いガウンをまとっている。ミディアムヘアはしっとり濡れており、軽くウエーブして肩に垂れかかっていた。

シャワーを浴びていたらしい。ガウンの裾は膝まで覆っているが、その下から白い生脚が覗いている。臑《すね》は無駄毛がなくツルリとしており、ふくらはぎは滑らかな曲線を描いていた。

「横になっていていいのよ」

京香は手に毛布を持っている。まだ秀平が寝ていると思ったのだろう。わざわざ用意してくれたに違いなかった。

「俺、覚えてなくて……ご迷惑をおかけしてすみません」

「気にしないで。片山くんもちゃんと歩いてきたのよ。うちで少し休んでいくって聞いたら、はい、って答えて」

記憶からすっぽり抜け落ちていた。

ここは京香のマンションだった。電車で来たのか、それともタクシーに乗ったのかもわからない。居酒屋の後半から目が覚めたところまで、自分がなにをしていたのかまったく覚えていなかった。

「片山くん、すぐに寝ちゃったから、シャワーを浴びさせてもらったわ」

京香はさらりと言って、濡れた髪をそっと掻きあげる。その仕草にドキリとして、秀平は慌てて視線を逸らした。

「か……帰ります」

腰を浮かしかけると、京香がすっと歩み寄ってくる。ボディソープの甘い香りが鼻腔をくすぐった。

「もう終電はないわよ」

肩をそっと押さえられて、秀平は再びソファに腰をおろした。そのとき初めて、自分がジャケットを脱いでいることを知った。ネクタイもしていないので、京香がほどいてくれたのだろう。

「今日は泊まっていきなさい」

腕時計を見やると、すでに深夜二時をまわっていた。だからといって、上司の家に泊めてもらうわけにはいかない。

「でも……」

「とりあえず、お水を飲んで」

京香はミネラルウォーターのペットボトルを手に取ると、キャップを開けて渡してくれた。

「あ、ありがとうございます」

確かに喉がカラカラだった。ミネラルウォーターを半分ほど一気に飲むと、ようやく少し気分が落ち着いた。

「あの、旦那さんは……」

京香が隣に腰かけたので、遠慮がちに尋ねてみる。スーツではなくガウンを羽織った女上司を前にして、胸の高鳴りを抑えられなかった。

(こんな格好で、気にならないのか？)

横目で見やるが、襟もとはきっちり重ねられている。期待していた乳房の谷間は拝めないが、それでも大きな膨らみに惹きつけられた。

「夫は出張中だから、気にしなくていいわよ」

そんなことを言われると、余計に気になってしまう。京香は結婚しているが、商社勤務の夫は出張が多くて留守がちだと聞いていた。

子供はいないので、この家にいるのは秀平と京香だけということになる。思いがけず、女上司と二人きりになってしまった。しかも、彼女はシャワーあがりで、甘い香りを全身から漂わせていた。

「やっぱり、あの人にそっくり」

京香がふいに微笑み、眩《まぶ》しげに細めた瞳を向けてくる。なにやら、いつもと雰囲気が違っており、秀平の心臓はバクンッと大きな音を立てた。

(なんだ……この感じ？)

彼女の考えていることがわからない。いくら秀平が酔っていたとはいえ、誰もいない家に誘うだろうか。なにもかもが謎だらけだった。

した。
「あ、あの人って……」
黙っていると、なおのこと気まずくなる。緊張状態のなか、なんとか言葉を絞り出
「まだ若手だったころ、つき合っていた彼がいたの」
京香はまるで思い出を辿《たど》るように、ぽつりぽつりと語りはじめた。
入社したばかりで右も左もわからなかったとき、一年先輩の男性社員に告白されて
つき合うことになった。ところが、京香が仕事にのめりこむようになり、やがてすれ
違いが生じて破局した。その彼は数年後に転職したが、風の噂では結婚して幸せに暮
らしているという。
「その人も片山くんに似て、やさしくてがんばり屋さんだったわ」
秀平に元彼の姿を重ねているらしい。京香の口調はどこまでもやさしく、瞳は微か
に潤んでいた。
「わたし、仕事のことしか考えてなかったから……」
もしかしたら、別れたことを後悔しているのではないか。そう思ったとき、京香が
すっと寄りかかってきた。
ワイシャツの肩に頭を預けてじっとしている。確かな重みを感じて胸の鼓動が速く

なり、シャンプーの香りが鼻腔に流れこんだ。なにが起こっているのかわからず、頭のなかが真っ白になった。

（ど……どういうことだ？）

昔の彼氏が恋しくなったのだろうか。しかし、彼女は直属の上司である。一時の感情に流されて、安易な行動を取るとは思えなかった。

4

「片山くん……」

京香は顔をあげると、切なげに潤んだ瞳を向けてくる。そして、睫毛を静かに伏せていった。

「か、課長？」

思わず呼びかけるが、京香は目を閉じたまま動こうとしない。いくら経験の少ない秀平でもわかる。これは口づけを待つ仕草に他ならなかった。

（どうする……どうすればいいんだ？）

逡巡しながら見おろすと、ガウンの襟もとが緩んでいるのに気がついた。

ただの偶然だろうか。先ほどまでぴっちり重ね合わせていたのに、いつの間にか襟が浮きあがっている。上から覗きこむ格好なので、ちょうど乳房の谷間が視界に飛びこんできた。

(こ、これは!)

雪のように白くて大きい柔肉が、ガウンの襟もとから見えている。しかも、ブラジャーのカップが見当たらない。シャワーを浴びてから、ブラジャーをつけずにガウンを羽織ったのだろう。もう少し襟が浮けば、乳首まで見えそうだった。

(あとちょっと……)

彼女が目を閉じているのをいいことに、なんとか乳首を見ようと角度を変えて覗きこむ。だが、あと少しのところで、バストトップを拝むことはできなかった。

「もう……」

京香が小声でつぶやいた。怒っているわけではない。目尻をさげて、楽しげに秀平の顔を見あげてきた。

「やっぱり真面目なのね」

キスをしなかったことを言っているのだろう。勇気がなかっただけだが、京香は好ましく感じたらしい。彼女のほうから首に両腕をまわしてくると、すっと唇を重ねてきた。

「今夜だけ、いいでしょ……ンっ」

「か、課長……んんっ」

柔らかい唇の感触に陶然《とうぜん》となり、秀平は困惑したまま固まった。

相手は六課の課長、直属の上司である。しかも、やさしくて麗しい人妻だ。押しのけることも、顔をそむけることもできず、ただソファに座った状態で全身を硬直させていた。

彼女の柔らかい舌が、唇をゆっくりなぞってくる。恐るおそる開くと、すぐにヌルリと入りこんできた。京香の吐息が流れこみ、同時に歯茎を舐めまわされる。さらに歯列を割って奥まで侵入すると、秀平の舌を搦《から》め捕った。

「はうンンっ、片山くん」

囁く声が艶を帯びている。いつもやさしい京香だが、こんなに甘い声を聞いたことはない。秀平の頭を搔き抱き、髪のなかに指を差し入れながら、口内を執拗にしゃぶりまわしてきた。

「あふっ……はああンっ」

舌の粘膜を擦り合わせて吸いあげられる。京香は秀平の唾液を啜ると、さもうまそうに飲みくだす。そして、反対にとろみのある唾液を口移ししてきた。舌を深く絡めたままで、下半身に血液が流れこんでいくのがわかった。秀平は背徳的な気分になりながら、夢中になって女上司の唾液を嚥下した。

(ああ、課長とキスしてるんだ……)

全身がゾクゾクするほどの快楽に襲われる。すでにペニスは硬く屹立しており、スラックスの前が大きく膨らんでいた。

「キス……しちゃったね」

京香は唇を離すと、頬をぽっと赤らめる。熱を帯びた瞳で見つめられて、秀平は魅入られたように身動きできなくなった。

「部下を元気づけるのも、わたしの仕事だから……」

「ううっ、か、課長?」

スラックスの上から股間に触れられて、思わず声が漏れてしまう。男根は硬化して過敏になっている。布地越しに軽く撫でられただけでも、鮮烈すぎる快感が背筋を駆けあがった。

「くううッ、ま、待ってください」

股間はしっかり反応しているが、胸のうちには困惑がひろがっている。どう考えても、これは上司の仕事ではない。しかも彼女は人妻だ。夫が不在の自宅で、こんなことをしていいはずがなかった。

しかし、そんな正論を振りかざす間もなくベルトを外されて、ファスナーもおろされてしまう。すかさずスラックスとボクサーブリーフに手がかかり、強引にずりさげられた。

「うわっ……」

屹立した男根がブルンッと跳ねあがる。欲情しているようで恥ずかしいが、女上司の自宅というシチュエーションに興奮しているのは事実だった。

「もうこんなに……片山くん、やっぱり若いわね」

京香は一瞬、息を呑むと嬉しそうに囁いた。そして、スラックスとボクサーブリーフをつま先から抜き取ってしまう。さらにワイシャツのボタンも外すと、秀平の体から引き剝がした。

「そ、そんな……」

タンクトップと黒靴下も脱がされて、秀平は全裸になった。すると、京香は太幹にしっかり指を絡めながら顔を覗きこんできた。

「裸にされちゃったね。どんな気分？」

「か、課長がこんなこと……」

腰が小刻みに震えて、ペニスの先端から透明な汁が溢れ出す。瞬く間に亀頭を濡らし、竿を伝ってトロトロ流れていく。彼女の細い指にも到達するが、京香は気にする様子もなく肉胴をしごきつづけた。

「お汁が出てきたわ。ああっ、こんなにたくさん」

美熟女の指がペニスに絡みついている。ゆったり動いていたと思ったら、急にカリを集中的に擦ってきた。

「くううッ、そ、そこは……」

「ここが感じるのね」

先走り液を塗り伸ばし、しごくスピードを少しだけアップする。ところが、すぐに力を抜いて、意味深な視線を送ってきた。

「もっといいこと、してほしい？」

京香の言葉で期待感が高まってしまう。秀平はごくりと喉を鳴らし、彼女の肉厚な唇を見つめていた。

（も、もしかして……）

あの唇でしゃぶってもらえるのかもしれない。想像するだけで男根がピクッと跳ねて、新たな先走り液が滲み出した。

「ふふっ、体は正直みたいね」

京香は片手で太幹を握ったまま、もう片方の手で髪を掻きあげる。そして、隣に座った状態で、秀平の股間に覆いかぶさってきた。

「はあンっ、若い男の子の匂いがするわ」

亀頭に熱い吐息が吹きかかる。その直後、甘い刺激がひろがり、反射的に股間を突きあげた。

「くおッ！　か、課長っ」

彼女の舌先が裏筋に触れたのだ。ちょうど亀頭の付け根の敏感なところをくすぐられて、股間が勝手に跳ねあがってしまう。根元から先端に向かってじりじり舐められると、またしても我慢汁が湧出した。

「そ、そんな……うううッ」

たっぷり焦らされて、もう腰の震えがとまらない。なめくじが這っているのかと思うほど、ゆっくり舌先が蠢《うごめ》いていた。

「こんなにパンパンにして、もう我慢できないの？」

舌を使いながら、京香が囁きかけてくる。誰よりもやさしい女上司が、肉棒をねちっこく舐めまわしていた。

「も、もう、課長……」

このまま焦らされつづけたら、どうにかなってしまう。いつしか脚を大きく開き、内腿も小刻みに震えている。さらなる刺激が欲しくてたまらなかった。

「ああンっ、可愛いわ」

京香も昂った様子でつぶやき、亀頭の先端に口づけした。

「うおッ！」

尿道口に吸いつかれて、たまらず快楽の呻きが漏れてしまう。すると、京香は唇を密着させた状態でゆっくり開き、じわじわと亀頭を呑みこんでいった。

「はむンンっ」

「か、課長が口で……ぬううッ」

唇がカリ首を擦り、さらに胴体部分も擦っていく。休むことなく唇は滑りつづけて、あっという間に根元まで収まった。

「あふっ……ンふぅっ」

京香が股間に顔を埋めていた。硬く屹立した肉棒を咥えこみ、柔らかい唇を根元に密着させている。強弱をつけて太幹を締めつけられると、甘い刺激が波紋のようにひろがった。

「こ、こんなことが……」

秀平はソファの背もたれに体重を預けて仰け反った。

いつも穏やかで落ち着いている課長が、男根をずっぽり口に含んでいる。しかも、舌を絡みつかせて、竿をネロネロと舐めあげてきた。砲身は唾液まみれになり、腰に小刻みな震えが走った。

「ま、待ってくださ――」

「ンふっ……あふンっ」

秀平の声を無視して京香が首を振りはじめた。

途端に凄まじい快感が突き抜ける。鉄棒のように硬直した陰茎をぽってりした唇で擦られて、さらに背中が反り返っていく。一往復するたびに射精欲が膨れあがり、新たなカウパー汁が溢れ出した。

「おおおおッ！」

秀平は股間を突きあげると、両手でソファの座面を掻きむしった。

快感電流は脳天まで突き抜けている。それでも暴発を耐えられたのは、口唇ピストンの速度が抑えられているからだ。太幹をゆったりねぶられて、ギリギリ射精しない刺激を与えられていた。

「こ、こんな……ううッ、す、すごいっ」

超スローペースの口唇奉仕で、感度はどんどんアップしていく。しかし、快楽をコントロールされて、射精したくてもできない状態に追いこまれてしまう。秀平は股間を突きあげた状態で、腰を右に左にくねらせた。

「ンっ……ンっ……」

京香は首をゆったり振っている。決してペースをあげることはない。秀平の反応を楽しむように、じわじわと唇を滑らせていた。

「うむッ、も、もう……」

快楽の呻き声が漏れつづける。焦燥感が募るばかりで発射できず、腰の震えがいよいよ大きくなってきた。

「俺、もうダメですっ」

切羽つまった声で懸命に訴える。イクにイケない状況で全身が熱く燃えあがり、頭のなかが真っ赤に染まっていた。唇でしごかれるたび、先走り液が次から次へと溢れている。それを京香は嬉々として飲みくだしていた。

「あふっ、まだよ、はふンっ」

この期《ご》に及んで焦らすつもりらしい。快感を延々と与えられているのに、まだイカせてもらえなかった。

「くおおおッ！」

射精したくてたまらない。もう我慢の限界だと思ったとき、彼女の唇がすっと離れて、絶頂寸前まで高められた性感を突き放された。

「おっ……おおっ……」

「ふふっ、すごい格好してるわよ」

京香が指先で自分の唇を拭いながら、楽しげに見つめてくる。ペニスをしゃぶったことで彼女も高揚しているのか、目もとがほんのり桜色に染まっていた。

秀平は全裸でソファに座り、大股開きの状態で背もたれに寄りかかっている。しかも、つま先立ちになって、股間を大きく突きあげていた。先走り液を垂れ流しているペニスが、雄々しく勃起しているのが滑稽だった。

「わたしも……欲しくなっちゃったわ」

溜め息混じりにつぶやくと、京香はすっとソファから腰をあげる。そして、硬直している秀平の手を取り立ちあがらせた。

「こっちに来て」

導かれるままリビングを出て、廊下を奥へと歩いていく。突き当たりのドアを開けると、部屋のなかに連れこまれた。

「こ、ここは……」

最初に目についたのは、キングサイズのダブルベッドだった。

サイドテーブルにアンティーク調のサイドスタンドがあり、飴《あめ》色の光が白いシーツをぼんやり照らしている。カーテンが閉じているので、外の様子はうかがえない。部屋の隅にある鏡台には、化粧品の小瓶が並んでいた。

夫婦の寝室に間違いなかった。

サイドテーブルにはフォトスタンドも置かれていた。湖をバックに京香と精悍な男性が写真に収まっている。おそらく夫だろう。二人とも笑みを浮かべており、仲睦まじげに肩を寄せ合っていた。

(さすがに、ここはまずいよ)

心のなかでつぶやくが、彼女は秀平の手を引いてベッドの前まで連れていく。そして、ほっそりした指先でガウンの帯を摘んだ。

「あ、あの……」

「いいのよ、今夜は片山くんとわたし、二人きりだから」

戸惑う秀平の目を見つめたまま、京香は帯をするするとほどき、肩を滑らせてガウンを足もとにはらりと落とした。

「おおっ！」

熟れた女体が露わになり、思わず目を見張った。

女課長の裸身は豊満で、じつにむっちりしている。白い肌がサイドスタンドの明かりに照らされて、艶めかしくくねっていた。

とくに目を引くのは、たっぷりとした乳房だ。下膨れした釣鐘形で、まるで熟成したマンゴーのように揺れている。頂点にはイチゴを思わせる真っ赤な乳首が鎮座していた。

（やっぱり、でかい……）

日頃から大きいと思っていたが、いざ生身の乳房を目の前にすると気圧されてしまう。滑らかな曲線に魅了されて、秀平は生唾をごくりと飲みこんだ。

「ああ、視線が熱いわ」

京香は喘ぐように言うと、もじもじと腰をくねらせた。両腕を乳房の下にまわして、自身の裸体を抱きしめる。そうすることで双乳を持ちあげる結果になり、ボリューム感がより強調された。

「久しぶりだから、恥ずかしいけど……」

部下に見られることで昂っているらしい。京香はもっと見てとばかりに、その場でゆっくり回転した。

おかげで、むちむちの裸体をすべての角度から観察できる。S字を描く腰を辿って視線をさげると、肉づきのいい尻が左右に大きく張りだしていた。たっぷりしているのに垂れることなく、尻たぶの頂点はツンと上を向いている。つきたての餅のように張りのある双臀だった。

内腿をぴったり閉じているが、恥丘に茂る陰毛は丸見えだ。長方形に手入れされて、しかも短く刈りこまれているため、縦に走る溝がうっすら透けていた。

(こ、これが、大人の女……)

圧倒されて言葉も出ない。目の前に立っている京香の裸体は、これまで見たことのあるどの女性とも違っていた。

全身が魅惑的な曲線で構成されており、とくに乳房の迫力には驚かされる。波打つ様に見惚《みと》れていると、京香がすっと歩み寄ってきた。そして、足もとにしゃがみこんで、勃起したままのペニスを乳房の谷間に挟みこんだ。

「な、なにしてるんですか……」

まったく予想していなかった行動だった。

秀平は困惑して動けない。期待と不安が胸のうちで渦巻いている。己の股間を見おろすと、屹立した陰茎は双つの柔肉の狭間に埋まっており、影も形も見えなくなっていた。

「おっぱいで気持ちよくしてあげる」

京香は乳房の両サイドに手のひらをあてがい、グッと中央に寄せてくる。そうすることで、ペニスが柔らかく圧迫された。

「ぬおおッ」

低い呻き声が溢れてしまう。フェラチオで絶頂寸前まで高められた男根を、今度は乳房で挟まれているのだ。柔肉が密着しているだけでも、先走り液がじくじく溢れるのがわかった。

「くっ……か、課長」

自然と腰が動いてしまう。さらなる刺激が欲しくて、とてもではないがじっとしていられなかった。

「あンっ、片山くんは動いちゃだめよ」

京香は窘《たしな》めるように言うと、絨毯《じゅうたん》に両膝をついた状態で見あげてくる。そして、身体をゆっくり上下に揺すりはじめた。

「仕方ないから、わたしが動いてあげる」

「そ、それ……ううッ」

これは俗に言う「パイズリ」だ。六課のトップである課長に、こんなことをされるとは思いもしない。柔肉で陰茎を擦られて、これまでにない快感が湧きあがる。たまらず唸り、両足のつま先を丸めて絨毯を掴んでいた。

「くおおッ、ま、まさか……」

「気持ちよさそうね。また硬くなったみたい」

京香がゆったり身体を上下させる。先走り液が乳房の谷間全体に行き渡り、滑りがどんどんよくなっていく。リズムが出てきて動きが大きくなると、さらに快感が膨れあがった。

「おおッ……おおッ」

「ほら、先っぽが見えてるわよ」

そそり立った陰茎が、乳房の谷間から頭を覗かせている。張りつめた亀頭は我慢汁にまみれて濡れ光っていた。

「こんなにパンパンにしちゃって、わたしのおっぱい、そんなに気持ちいいの？」

京香がからかうような言葉をかけてくる。秀平は快感に耐えながら、何度も何度も頷いた。

「いいです、すごくいいですっ」

「素直なのね。じゃあ、もっとよくしてあげる」

ゆったり上半身を揺すりつつ、京香が乳房の谷間に向かって唾を垂らす。少し泡立った唾がツツーッと糸を引き、見事、亀頭に命中した。

「ヌ、ヌルヌルして……おおおッ」

滑りがよくなり、快感が倍増する。秀平はもう立っているのもやっとの状態で、膝をガクガクと震わせた。

「ああンっ、動いちゃダメって言ってるでしょう」

「だ、だって、もう……」

震える声で訴えると、彼女は満足げな笑みを浮かべて腰を落としはじめる。柔肉でペニスが擦られて、乳房の谷間から思いきり飛び出した。

「もう少し我慢してね……はむンっ」

京香はそう言うなり、亀頭をぱっくり咥えこんだ。

「ちょっ……くおおッ！」

これまでにない刺激が突き抜けて、秀平は両手を強く握りしめた。

乳房で太幹を擦りながら、同時に先端をしゃぶる「パイズリフェラ」だ。硬化した竿を柔肉に包まれて、亀頭には唾液を乗せた舌が這いまわる。吸いあげられる刺激も鮮烈で、またしても膝が震えだした。

「あふっ……むふっ……はむンっ」

京香が上半身を揺すりつつ、亀頭をチュパチュパと舐めまわす。その姿を見おろしているだけでも射精欲が煽られて、我慢汁が次から次へと溢れてしまう。もはや全身が震えており、発射するのは時間の問題だった。

「ほ、ほんとに、も、もうっ」

いよいよ決壊の瞬間が迫っている。今度こそ射精できると思ったとき、京香はすっとペニスから離れてしまった。

「あぁ……そ、そんな……」

つい情けない声を漏らしていた。

いきなり解放された男根がヒクついている。先端から透明な汁を垂らしているが、もう快楽は与えてもらえない。またしても絶頂をはぐらかされて、秀平はひとり虚しくカクカクと空腰を使っていた。

「片山くん、興奮してるのね……わたしもよ」

京香は熱い眼差しを送ってくると、こちらに背を向けてダブルベッドにあがっていく。四つん這いになり、尻を高々と掲げた獣《けもの》のポーズだ。サイドスタンドの光に照らされた双臀は、まるで大きな白桃のようだった。

「す、すごい……」

秀平は尻に吸い寄せられて、ふらふらとベッドに近づいた。

たっぷり濃厚に愛撫されたことで、噴火寸前まで性欲が高まっている。一刻も早く射精したくて仕方がない。目の前にある尻にむしゃぶりつきたくて、いつしか鼻息が荒くなっていた。

「見てるだけでいいの？」

京香が這いつくばったままで振り返った。

肘までシーツにつけて頭を低くした格好だ。近づいたことで、尻の谷間まではっきり覗くことができた。

暗紫色のアヌスが丸見えになっている。皺が放射状にひろがり、中心部は微かに渦を巻いていた。さらに、その下では艶々した二枚の陰唇が息づいている。たっぷりの華蜜で濡れそぼり、まるで赤貝のように蠢いていた。

「お、俺……俺……」

もうこれ以上は我慢できない。秀平はベッドに這いあがると、彼女の背後で膝立ちになった。

「さ、触ってもいいですか？」

尋ねておきながら、彼女の答えを待たずに豊熟の尻たぶを撫でまわす。曲線に沿って手のひらを滑らせれば、陶磁器のようにスベスベした感触が伝わってきた。

「はあンっ……」

京香は嫌がることなく、艶めいた吐息を漏らしている。彼女の反応に勇気をもらって、臀丘をゆったり揉みしだいた。

「柔らかいのに、張りがあって……」

熟れきっているのに、芯には張りが残っている。これこそ今まさに旬を迎えた女体だった。臀丘を揉みまくり、柔らかさと弾力を同時に楽しんだ。ときどき臀裂を割り開いて覗きこめば、女陰は華蜜を滴《したた》らせるほど濡れていた。

「片山くん、ねえ……」

京香が催促するような瞳を向けてくる。尻を高々と突きあげて、腰を微かにくねらせた。

「い……いいんですか？」

尋ねる声が掠れてしまう。夫婦の寝室だと思うと、今さらながら罪悪感と緊張感がこみあげてきた。

「いいのよ、思いきり入ってきて」

甘い言葉で誘われて、秀平はペニスの切っ先を割れ目にあてがった。

「はうっ……」

女体がピクッと反応する。京香は顔を横に向けると、サイドテーブルのフォトスタンドを見つめた。

そこには夫と二人で撮った写真が飾られている。もしかしたら、心のなかで謝罪しているのではないか。そう考えた途端、秀平の胸のうちで、得体の知れないドロリとした感情が湧きあがった。

「ううっ、か、課長っ！」

ついに背後からペニスを埋めこんだ。すっかり準備が整っている女壺は、いとも簡単に亀頭を受け入れた。さらに腰を繰り出せば、太幹がズブズブと淫裂の狭間に嵌っていった。

「あうウッ、も、もっと、もっと来て」

京香は背中を仰け反らせると、膣口を収縮させて喘ぎだした。しかも、自ら尻を押しつけて、積極的に結合を深めていく。肉柱はどんどん埋没して、あっという間に根元まで繋がった。

「は、入った……課長のなかに入ったんだ」

無数の膣襞が絡みついて、太幹が絞りあげられる。ここまで焦らされつづけたせいか、一気に快感が膨れあがった。

「おおおッ……おおおおッ」

頭で考えるより先に腰が勝手に動きだす。くびれたウエストを摑むと、豊満な尻を押し潰す勢いで股間を叩きつけた。

「ああッ、強い……あああッ」

ペニスを突きこむたび、京香が甘い声を響かせる。尻を左右に振りたてて、膣を嬉しそうに締めつけた。

「くうッ、課長っ、くおおおッ」

もう駆け引きしている余裕などない。このまま昇りつめるつもりで、ピストンを加速させた。

「そ、そんなに強く、はあああッ」

「も、もっと、もっと、ぬおおおおッ」

男根を思いきり抜き差しして、濡れ襞を抉《えぐ》りまくる。臀裂を見おろせば、愛蜜を浴びた肉柱が出入りするのがよく見えた。陰唇がめくれあがったり、巻きこまれたりする様が卑猥で、ますます抽送速度がアップした。

「くううウッ、も、もうっ」

「待って、まだダメよ」

もう射精すると思ったとき、いきなり京香が四つん這いからうつ伏せに倒れこんで、結合を解いてしまった。

「ううっ、ど、どうして……」

今度もあと一歩のところで、絶頂を取りあげられた。秀平はギンギンにそそり勃《た》ったペニスを揺らして抗議すると、京香は仰向けになって両手をひろげた。

「ごめんなさい……来て」

慈愛に満ちた瞳になっている。乳房も股間も剝き出しなのに、すべてを包みこむようなやさしさが滲み出ていた。

「最後は顔を見ながら迎えたいの……ダメかしら？」

きっと彼女も楽しみたいのではないか。落ちこんでいる部下を癒すためだけではなく、自分も快楽を享受したいと思っているのではないか。そんな気がして、秀平の胸は温かくなった。

「ダ……ダメじゃないです」

女体に覆いかぶさると、男根を女壺に押しこんだ。ひと息に根元まで埋めこみ、すぐさまピストンを開始した。

「あッ……あッ……片山くんっ」

京香が目尻をさげた柔らかい表情で見あげてくる。秀平も腰を振りながら、彼女の瞳を見つめていた。

「ううッ、課長っ、うううッ」

視線が絡むことで、全身の感度が格段にアップする。ペニスが蕩けそうなほど気持ちいい。カリを擦りつけて膣壁を抉りあげれば、京香の喘ぎ声も大きくなる。女体は陸に打ちあげられた魚のようにビクビク跳ねまわった。

「ああッ……ああッ、すごい」

彼女の喘ぎ声に導かれるように、両手で乳房を揉みあげた。たっぷりした肉丘に指をめりこませて、滑らかな肌触りと儚《はかな》げな柔らかさを堪能する。硬くなった乳首を指の股に挟みこんで、こってりと捏《こ》ねまわした。

「はあンっ、いい、いいわ」

京香が感極まったように両手を伸ばし、秀平の首にまわして抱き寄せる。どちらからともなく唇を重ねて舌を絡ませると、まるで身体がひとつに溶け合ったような錯覚に陥《おちい》った。自然と腰の動きが速くなり、結合部分から湿った音が響き渡った。

「おおおッ、も、もう、もうっ」

「ああッ、いいっ、あああッ、気持ちいいっ」

秀平が限界を告げれば、京香も快感を訴える。二人はいつしか息を合わせて腰を振り、最後の瞬間に向かってスパートした。

「くおおおッ、課長っ」

「いいっ、いいわっ、片山くんっ」

男根を高速で出し入れすると、女壺がキュンキュン収縮する。結果として粘膜同士の摩擦が強まり、快感がさらに大きくなった。

もうなにも考えられない。秀平は熟れた女体を抱きしめると、胸板で乳房を押し潰しながら腰を振りたてる。とにかく、本能のままに全身を躍動させて、力強く男根をピストンした。

「おおおおッ、で、出るっ、ぬおおおおおおおおッ！」

いきなり目の前が真っ赤に染まった。叩きこんだペニスが脈動して、大量のザーメンが噴きあがった。

「あああッ、い、いいっ、すごくいいっ、イクッ、イックうううッ！」

京香があられもない嬌声を振りまき、シーツの上でブリッジするように女体を仰け反らせた。女壺全体が歓喜に震えて収縮する。ペニスが締めあげられて、二度、三度と迸《ほとばし》った精液が子宮口を直撃した。

「ひいいッ、ひあああッ」

あの京香が感泣しながら全身を痙攣させる。部下の男根を膣に咥えこみ、ヒイヒイ喘ぐ声が夫婦の寝室に響き渡った。

凄まじいオルガスムスの嵐が吹き荒れる。二人は同時にアクメの大波に呑みこまれて、きつくきつく抱き合った。

無言で唇を重ねると、彼女はすぐに舌を伸ばしてくる。深く絡めて吸いあげれば、蜜壺に嵌ったままの男根がヒクついた。

「あふンっ……」

京香が艶めかしい声を漏らして、腰を微かにくねらせる。膣襞が蠕動《ぜんどう》するように蠢き、男根の表面を這いまわった。

欲望を放出した陰茎が、女壺のなかで少しずつ柔らかくなっていく。それでも、まだ結合を解きたくなかった。

(課長……ありがとうございました)

彼女のおかげで、沈んでいた気持ちが癒された。

いつの間にか、晴れやかな気分になっている。京香のやさしさが、いじけていた心を前向きにしてくれたらしい。

(明日から、またがんばれそうです)

秀平は心のなかで感謝しながら、京香の熟れた女体をじっくり味わいつづけた。

第五章　とろけるオフィス

1

翌日、秀平は緊張しながら出勤した。

昨夜は課長の京香と関係を持ってしまった。しかも、彼女の自宅にお邪魔して、夫婦の寝室でことに及んだのだ。その後、はっと我に返って早々に退散した。深夜だったので、タクシーを使ってアパートまで戻った。

どうして、あんなことになったのだろう。

酔っていたし、彼女から誘ってきたことではあるが、さすがに顔を合わせるのは気まずかった。

「おはよう、片山くん」

オフィスに入るなり、京香が声をかけてきた。

しかも、視線が重なると、にっこり笑いかけてくる。誰かに見られたらどうするつもりなのだろう。それにしても、すっきりした顔をしている。心なしか声も弾んでいるようだった。

京香の変化を感じたのか、すでに出勤していた唯と玲子が顔をあげた。

昨夜のことは絶対に知られてはならない。秀平は視線を泳がせながらも懸命に平静を装った。

「お、おはようございます」

挨拶しながら自分の席についた。額に冷や汗が浮かんでいたが、なんとか誤魔化すことができたと思う。課長席に目を向ければ、京香は笑みを浮かべて悪戯っぽく肩をすくめた。

(もう、勘弁してくださいよ)

どうやら、からかわれていたらしい。秀平は心のなかでつぶやきながらも、京香に感謝していた。今朝もこうして元気に出勤できたのは、彼女が慰めてくれたおかげだった。

しばらくして、派遣社員の二人と一美が出勤してきた。全員が揃うと、京香が皆に声をかけた。

「あらためまして、みなさんに協力していただきたいことがあります」

なにやら、いつもと違う雰囲気だ。京香はひとりひとりと目を合わせると、いつになく真剣な表情で切り出した。

「現在、玲子ちゃんが『スーパーおくながチェーン』と商談をしているのは、みなさん知っていますね。この契約をなんとしても取るため、今回はプロジェクトチームを結成することにしました」

驚きの報告だった。

京香の計画によると、玲子をリーダーに置き、六課で一丸となってスーパーおくながチェーンの攻略に挑むという。

まったく新しい試みだ。六課のメンバーそれぞれの能力は高いが、まとまりがなかった。これまで力を合わせて仕事をしたことはない。なかなか大きな契約が取れなかったのは、単独での営業ばかりだったことも影響しているだろう。

(みんなでやれば、確かに……)

全員でひとつのターゲットに集中すれば突破口が見えるかもしれない。とはいえ、これまで個々の能力だけでやってきたメンバーが、本当に協力し合えるのか不安を覚えた。とくに一匹狼タイプの玲子の反応が気になった。

ところが、予想はいい意味で裏切られた。

意外なことに反対する者はひとりもいなかった。むしろ前向きな雰囲気になり、玲子も力強く頷いた。

「じゃあ、決まりね」

京香の満足げな声がオフィスに響き渡った。

創設以来、六課は初めてひとつのチームになった。この日から、全員がスーパーおくながチェーンとの契約に向けて動きはじめた。


プロジェクトチームが結成されてから一か月、商談は最終局面を迎えていた。

この日、秀平と玲子は課のみんなに見送られて、スーパーおくながチェーンの本部に向かった。

秀平と玲子は電車の座席に並んで腰掛けていた。

彼女の膝に置いてあるバッグには、唯が作成して京香が確認した契約書が入っている。あと一歩のところまで来ているが、実際にサインと印鑑をもらうまでは安心できなかった。

（やっとここまで来たんだ……）

なんとしても成立させたい。秀平は太腿の上に置いた手を強く握りしめた。かつてこれほど情熱を傾けて仕事に挑んだことはない。きっと他のメンバーもそうだったのではないか。じつに濃密な一か月だった。

唯はデータ分析を担当した。

スーパーおくながチェーンの各支店の周辺施設を細かく分析して、店舗ごとの来店客の傾向を数値化する。性別や年齢層はもちろん、曜日別、時間帯別の客層から、どのような商品をどれだけ並べれば購買に結びつくかを弾き出した。こういった資料を提示することで、説得力は格段にアップした。

一美は何度か営業に同行して、先方の硬い頭をほぐしていった。オヤジ殺しのテクニックは、会話だけでも遺憾なく発揮された。彼女は年上男性が喜ぶツボを熟知しており、愛嬌を振りまいて場の雰囲気を和ませた。

そして決め手は、玲子の沈着冷静で的確な営業トークだ。自社製品の説明が完璧なのは当然として、売場の作り方も提案する。専用のポップなどの販売促進用品を用意したり、健康志向の他社製品もいっしょに並べて大きなコーナーにするのを提案したり、とにかく店に利益が出る可能性をアピールした。

会社に戻ってからは、全員が集まってのミーティングで次の作戦を練った。こうした努力が実り、一課が割りこもうとしていたスーパーおくながチェーンとついに契約を結ぶ段階まで漕ぎ着けた。

「行くわよ」

駅に到着すると、玲子は自分に言い聞かせるようにつぶやいて立ちあがった。珍しく緊張感の漂った顔をしている。玲子でもそんな状態なのだ。秀平は手脚の動きがぎくしゃくするほど硬くなっていた。

「では、今後ともよろしくお願いします」

スーパーおくながチェーンのバイヤー、小村はそう言って契約書にサインをすると印鑑を押した。

ついに契約が成立した瞬間だった。

(やった……やったぞ！)

胸にこみあげてくるものがある。秀平は叫びたいのをこらえて、テーブルの下でグッと拳を握りしめた。

六課としては、創設以来、最大の契約になる。なにしろ、相手は一課でも落とせなかった大型チェーンだ。会社としても、新規契約としては今年一番のものになったのは間違いなかった。

「ありがとうございます。わたくしどもも、売場作りのフォローも含めまして、様々な売り方のご提案をさせていただきます」

玲子が丁重に頭をさげる。秀平も彼女に倣《なら》って深々と腰を折った。

「そういう堅苦しいのは、もうナシにしましょうよ」

小村が砕けた調子で声をかけてくる。そして、恰幅のいい体を揺すって、愉快そうに笑った。

「契約したからには、なんとしても結果を出さないと。協力し合ってヘルシーシリーズを売っていきましょう」

バイヤーとしての責任があるらしい。小村も商品を仕入れると決めたからには、売らなければならなかった。以前は樽橋フーズなど歯牙にもかけなかったのに、今はすっかり協力的になっていた。

それというのも、京香がしっかり戦略を立てて、総合的に攻めたからだ。プロジェクトチームの発足がなければ、いかに玲子が優秀でもここまで辿り着けたかわからない。課のみんなをまとめた京香の力はさすがだった。

「真崎さん、あなたずいぶん変わりましたね」

小村がしみじみとつぶやいた。

「わたしが……ですか？」

契約書をクリアファイルにしまっていた玲子が顔をあげる。そして、不思議そうに首をかしげた。

「刺々しかったのが、丸くなられたようだ」

「そうでしょうか。自分ではわかりかねます」

玲子は静かな口調で答える。だが、秀平も最近の玲子は、だいぶ変わったと感じていた。

「まあ、もっともわたしは、最初のツンツンしていた真崎さんも嫌いではなかったですけどね。はっはっはっ」

豪快に笑う小村も、以前とは別人のようだった。最初はセクハラまがいの目で見ていたのに、今は玲子を仕事のパートナーとして認めていた。

スーパーおくながチェーンを後にすると会社に向かった。途中、玲子が課長に連絡を入れて、契約が無事に成立したことを伝えていた。

（玲子さん、本当に変わったよなぁ）

電車の吊り革に摑まり、秀平は隣に立っている玲子をチラリと見やった。

クールな美貌は相変わらず輝いているが、いつの間にか角が取れた気がする。京香が提案したプロジェクトチーム結成に反対せず、意外にもすんなり受け入れた。そして、リーダーとして仲間と積極的にコミュニケーションを取るようになった。

当初は仕事の話だけだったが、ある日、玲子が一美の何気ない雑談に応じたときは驚かされた。

「新しいネイルの色、どう思います？」

そんなどうでもいい言葉に、「可愛くて似合ってるわよ」と答えたのだ。これまでの玲子では考えられないことだった。

その瞬間、オフィス内は静まり返り、すぐに温かい空気に包まれた。一美も唯も笑顔になり、京香は満足げに頷いた。秀平も嬉しくなり、みんなとそれぞれアイコンタクトを取った。

「なに見てるの？」

吊り革に摑まっていた玲子がこちらに視線を向けた。その声が柔らかく感じたのは気のせいだろうか。

「よかったですね、上手くいって」

こんな言葉をかけたところで、冷たく返されるかもしれない。それでも、どうしても言っておきたかった。

「ええ……よかったわ」

意外にも玲子はほっとした表情を見せた。たったそれだけでも、この人についてきてよかったと心から思った。

会社に着いたときは、すでに夕方六時をまわっていた。

以前なら全員退社していてもおかしくない時間だ。ところが、京香はもちろん、唯も一美も残っていた。みんなで二人の帰りを待っていてくれたのだ。

「二人ともお疲れさま」

京香が満面の笑みで声をかけてくれた。

課をまとめてきた彼女にとっても、今回の大きな契約の成立は悲願だった。目尻にはうっすら涙すら滲んでいた。

「玲子さん、秀平、おめでとう」

一美は駆け寄ってくるなり、玲子と秀平に握手を求めてくる。

彼女の明るさにどれだけ和まされたことか。みんなが疲れてカリカリしているときも、一美だけは笑顔を絶やさなかった。以前はマイペースすぎると思っていたが、いつしか六課には欠かせないムードメーカーになっていた。

「おめでとう……ございます」

突然、唯が椅子から立ちあがった。そして、玲子と秀平に向かって、小声ながらはっきり告げた。

ほとんど口を聞くことのなかった唯が、少しずつしゃべるようになっている。今回のプロジェクトで、みんなとコミュニケーションを取るようになったのが大きかったに違いない。この調子なら普通に会話できるようになる日も近いだろう。

玲子がバッグから契約書を出して課長席に歩み寄る。受け取った京香は、サインと印鑑を確認すると満足げに何度も頷いた。

「じゃあ、行きましょうか」

声をあげたのは一美だ。

今夜は契約成立を祝って、六課で打ちあげを行うことになっていた。すでに近所の居酒屋を予約してある。営業報告書の作成は明日にして、さっそくみんな揃って繰り出した。

2

十数分後、六課のメンバーは会社の近くにある居酒屋にいた。掘り炬燵《ごたつ》の個室で、一番奥には課長の京香が座っている。そして、玲子と秀平が並んでおり、向かいの席には唯と一美が腰かけていた。

「みなさんが力を合わせてくれたおかげで、今回の契約を取ることができました。本当に、本当にお疲れさまでした。そして、ありがとうございました」

京香が感慨深げに挨拶する。ときおり言葉につまるのは、こみあげてくるものをこらえているからだろう。それを聞いている玲子、唯、一美、そして秀平も、神妙な表情だった。

花の一課でも落とせなかった大手チェーンと契約を結ぶことに成功した。これで誰もが六課のことを見直すはずだ。

とはいっても、社内での立場がそう簡単に変わるとは思えない。出る杭は打たれるで、風当たりはますます強くなる可能性もある。それでも、あからさまにお荷物部署などと嫌みを言うことはできなくなるだろう。それこそ負け犬の遠吠えで、言っているほうがみっともないだけだ。

「契約の成立を祝いまして、カンパーイ！」

京香の音頭で乾杯をする。みんなは手にしていたビールの中ジョッキを、笑顔で高く掲げた。

「ぷはぁっ、うまい！」

ビールを半分ほど一気に喉に流しこんだ。この一か月の努力が報われて、まさに勝利の美酒に酔いしれた。

（みんなすごいよなぁ……）

個々の力を合わせれば、より大きな力になることがわかった。六課のみんなが協力して、不可能だと思われていたことを可能にしたのだ。

だが、嬉しい気分の一方で、秀平は残念な思いを抱いていた。

自分ひとりだけが、今回のプロジェクトに貢献できていなかった。唯も一美も玲子も、それぞれ長所を出しきっていたが、秀平は営業先に同行しただけだ。少しでも役に立とうと、唯が作ってくれた膨大なデータを使いやすく整理したり、玲子が営業トーク中に必要な資料をタイミングよく出したりはしたが、ただそれだけだった。

（俺だけ、なんにもしてないんだよな……）

みんながこの一か月の苦労話や雑談で盛りあがるなか、秀平は今ひとつ乗りきれずにいた。

「片山くんもお疲れさま」

京香が声をかけてくれる。

「いや、俺はとくになにも……」

場の空気を壊さないように、できるだけ明るい声で告げる。だが、それ以上言葉がつづかなかった。

「片山くんの役割はとても大きかったのよ」

京香の言いたいことが今ひとつわからない。自分では、あまり役に立ったとは思えなかった。

とにかく、足手まといにならないように気をつけた。玲子が営業に出るときは必ず同行して、会社では唯や一美の指示に従った。秀平に誇れるものがあるとすればフットワークの軽さくらいだろう。

「前にも言ったけど、片山くんには六課の潤滑剤になってもらいたかったの」

確かに京香はそう打ち明けてくれた。でも、自分にそれができているのか、考えてもわからなかった。

「キミは期待どおりのことをしてくれたわ」

「俺が……ですか？」

「そうよ、ほら見て」

京香が六課のみんなを見まわした。

秀平も釣られて視線を向けると、ムードメーカーの一美が、唯と玲子の手を握ってなにやら盛りあがっている。どうやら大好きなネイルのことをレクチャーしているようだった。

「唯さんも絶対ネイルしたほうがいいですって、好きな色にしたら気分があがりますよ」

「そ、そうかな……」

唯はおどおどしながらつぶやいた。ところが、眼鏡の奥の瞳はキラキラ輝いており、意外にもその気になっているようだった。

「明るい色がいいんじゃないですか。あ、それと眼鏡をやめてコンタクトにしたら可愛いかも」

「か……可愛いだなんて」

唯が慌てた様子で一美の手を振りほどき、赤らんだ頬を両手で挟んだ。そうやって照れる姿は、眼鏡のままでも充分すぎるほど可愛かった。

「玲子さんも、たまにはラメとかどうですか？」

「それはちょっと、もう若くないし……」

玲子が困惑の表情を浮かべて、手を引こうとする。しかし、一美は手を離さず、テーブルに乗りあげる勢いで前のめりになった。

「ダメですよ、玲子さんは美人なんだから、もっと自分に自信を持たないと」

「もう、からかわないで」

口調が強くなるが怒っているわけではない。玲子がこんなふうに話す姿を見るのは初めてだった。

「唯ちゃんがあんなにしゃべってるわ。玲子ちゃんも明るくなったでしょう」

「なんか、いい感じですね」

京香の言葉に同意したとき、一美がこちらをじっと見つめてきた。

「ちょっとぉ、なにしんみりしてるんですか？」

大きな声に釣られて、唯と玲子も視線を向ける。いきなり注目されて焦るが、なぜか彼女たちの瞳はやさしかった。

「六課の雰囲気が変わったのは片山くんのおかげね、っていう話をしていたの」

京香が柔らかい声で説明する。すると、一美と唯、それに玲子は示し合わせたように頷いた。

その後、秀平はみんなにお酌されまくって困ってしまった。

よくわからないが、やっと六課の一員になれた気がする。そのことが、なにより嬉しかった。最初のころは突然の異動で腐りかけていたが、もう他の課に行くことなど考えられなかった。

3

打ちあげがお開きになり、居酒屋を出たところで解散となった。

「お疲れさまでした」

秀平はひとりで駅に向かって歩きだした。他のみんなは地下鉄やバスで通勤しており、ＪＲを使うのは秀平だけだった。

足もとがふわふわしている。プロジェクトが成功したのも嬉しいが、六課のみんなに認められて久しぶりに気分よく酔っていた。

（あれ？）

駅の改札を通ろうとしたとき、財布がないことに気づいて立ち止まった。先ほどの居酒屋は経費で落とすらしく、京香が立て替えている。そのため、秀平は財布を出していなかった。

ということは、会社だろうか。打ちあげに出かけるときバタバタしていたので、デスクの上に置き忘れてきたかもしれない。小銭すら持っていないので、とにかく戻るしかなかった。

会社はすぐ近くなので、今から往復しても終電を逃すことはないだろう。

自社ビルの裏手にある従業員通用口から入ると、社員証を警備員に見せてエレベーターに乗りこんだ。

二階で降りると、他の営業部のフロアを素通りして廊下を歩いていく。夜の十一時をまわっているため、さすがに静まり返っている。自分の革靴の音が廊下にコツコツと反響していた。

突き当たりにある六課につくと、躊躇することなくドアを開く。すると、なぜか光が溢れ出てきた。

（なんだ？）

蛍光灯を消し忘れたのだろうか。

不思議に思いながらオフィス内に足を踏み入れる。すると、玲子が自分のデスクでパソコンに向かっていた。

「あっ……れ、玲子さん」

つい名前で呼んでしまうが、彼女はごく自然に視線を向けてくる。そして、柔らかい表情で語りかけてきた。

「こんな時間にどうしたの？」

「忘れ物を……って玲子さんこそ、こんな時間にお仕事ですか？」

今度は意識的に名前で呼んでみる。やはり彼女は気にする様子がない。それだけで距離がぐんと縮まった気がした。

「営業報告書を作っておこうと思って。どうせ帰っても眠れそうにないから」

解散したあと、まっすぐ会社に戻ってきたという。いつも冷静な玲子でも、大型契約を取ったことで高揚しているらしい。以前の彼女なら、そんなことは思っていても口にしなかっただろう。

秀平は胸が温かくなるのを感じながら、自分の席に歩み寄った。

やはり財布を置き忘れていた。黒い二つ折りの財布をバッグに入れると、一瞬考えてから椅子に座った。

「忘れ物はあったの？」

「ありました」

「そう、よかったわね」

玲子はチラリとこちらを見たが、すぐに視線をモニターへと戻した。それ以上、彼女はなにも聞いてこなかった。

秀平もかつてないほど高揚していた。

契約が成立したことはもちろんだが、六課の一員として大きな仕事に参加できたことが嬉しかった。なにより、玲子と同じ職場で働けることに喜びを感じている。彼女に惹かれる気持ちは、少しも色褪《いろあ》せることがなかった。

パソコンを立ちあげると、秀平も営業報告書の作成に取りかかる。確かに、ひとり暮らしのアパートに帰ったところで眠れそうにない。それなら、玲子といっしょに仕事をしていたかった。

夜のオフィスにキーボードを叩く音だけが響いている。モニターから顔をあげれば、向かいの席に憧れの女上司が座っていた。

（この時間がずっとつづけばいいのに……）

心のなかでつぶやいたとき、玲子がすっと立ちあがった。

とっさにモニターを見つめて、仕事に没頭している振りをする。すると、彼女はなにも言わず、黙って給湯室へと向かった。

（ああ、びっくりした）

ほっと胸を撫でおろす。てっきり見ていることがばれたのかと思った。

しばらくすると、給湯室から彼女が出てくる気配がした。秀平はひたすらキーボードを打ちこみ、決して顔をあげなかった。

「少し休憩——あっ！」

彼女が近づいてきたと思ったら、小さな悲鳴が聞こえた。はっとして見やると、お盆を手にした玲子が目に入った。つまずいたらしく、お盆の上で二つの湯飲み茶碗が暴れていた。

「危ない！」

考える間もなく、椅子をまわして両手をひろげる。体を張って受けとめるつもりだったが、彼女はなんとか体勢を立て直した。ところが、湯飲みのひとつがお盆から飛び出して宙を舞った。

「うおっ」

お手玉するような形になったが、なんとか落とさずにキャッチする。しかし、入っていたお茶はすべてこぼれてしまった。

熱くなかったのがせめてもの救いだ。お茶は狙ったようにスラックスの股間に降り注ぎ、濃紺の布地に黒っぽい染みができていた。ボクサーブリーフにも浸透したらしく、一拍置いて冷たい感触がひろがった。

「だ、大丈夫ですか？」

秀平は慌てて立ちあがると玲子に声をかけた。彼女はデスクにお盆を置き、手をついて困惑している様子だった。

「ごめんなさい……少し酔ってたみたい」

玲子がこんな失敗をするとは珍しい。打ちあげで飲みすぎたのだろう、申しわけなさそうな瞳を向けてきた。

「冷蔵庫に麦茶があったから……」

「ありがとうございます！」

秀平はすかさず礼を言った。スラックスが濡れてしまったことなど、たいした問題ではない。それより、彼女がお茶を入れてくれたという事実が重要だった。

先ほど受けとめた湯飲みを見ると、ほんの少しだけ麦茶が残っていた。秀平は湯飲みを両手で大切に持ち、わずか数滴の麦茶を喉に流しこんだ。

「うまい……最高にうまいです！」

なにしろ、玲子が自分のために入れてくれたのだ。どんな高級茶葉を使うよりも美味に決まっていた。

「あなたって、本当に面白いわね」

玲子がほっとしたように笑った。

これまでにない和やかな雰囲気だ。秀平は今しかないと思い、あらたまって背筋を伸ばした。

「あの……こ、これまで本当にありがとうございました」

湯飲みをテーブルに置き、深々と腰を折った。

今回の契約が取れたら、感謝の気持ちを伝えるつもりでいた。今がまさにそのチャンスだと思った。みんながいると茶化されそうだが、二人きりならはっきり伝えられる。秀平は顔をあげると、玲子の瞳をまっすぐ見つめた。

「俺、玲子さんに逢えてよかったです。六課に異動になって、本当によかったと思っています。これからも、どうかいろいろ教えてください」

少々硬くなってしまったが、気持ちを言葉に乗せることはできたと思う。玲子は突然のことに驚き、目を丸くして立ちつくしていた。

「なにを言い出すのかと思ったら……」

彼女はひとり言のようにつぶやくと、視線をすっと逸らしてしまう。しばらく黙りこんでいたが、頬が桜色に染まって見えたのは気のせいだろうか。

「ズボン、濡れちゃったわね」

沈黙を破ったのは玲子だった。秀平の股間を見やると、給湯室からタオルを一枚持ってくる。そのまま目の前にひざまずき、スラックスの濡れた部分をやさしく拭きはじめた。

「こ、これくらい、どうってことないんで」

「放っておいたら染みになっちゃうでしょう」

手を休めることなく、玲子が見あげてくる。視線が重なることで、ますます緊張感が高まった。

「じ、自分でやりますから」

「こぼしたのはわたしだもの」

なにを言っても彼女は引こうとしない。ストッキングに包まれた両膝をリノリウムの床につき、タオルで股間をそっと擦りつづけていた。

「くっ……」

こんなことをされたら、とてもではないが平静ではいられない。男根がピクッと反応して、むくむくと膨らみはじめた。

（ま、まずい……まずいぞ）

全身の血液が股間に向かって流れこんでいくのがわかる。このままだと、間違いなく勃起してしまう。ペニスが硬く硬直して、スラックス越しでも存在感を示すのは時間の問題だった。

（これって、なんか……）

思い返せば、一度だけ玲子と関係を持ったときと状況が似ていた。

あのときは秀平がお茶をこぼしそうになったのだが、今回はまったく逆のパターンだった。

（もし、これが偶然じゃないとしたら？）

ふと疑問が生じたとき、股間に甘い刺激が走り抜けた。

玲子がタオル越しに男根を握っている。芯を通しかけた肉棒に指をまわし、ゆったり擦りあげてきた。

「ちょ、ちょっと……」

「どういうこと、硬くなってるじゃない？」

玲子がしゃがみこんだ状態で囁きかけてくる。問いつめるような口調だが、口もとには微かな笑みが浮かんでいた。

指の動きが速くなり、竿の部分をキュッ、キュッと擦られる。途端に快感の小波が生じて、全身へとひろがっていった。

「ううっ、な、なにを……」

あっという間にペニスが硬くなり、頭の芯まで痺れはじめる。膝が小刻みに震えだし、もはやまともに考えることもできなくなった。

「こんなに張りつめちゃって、苦しそうね」

玲子の指がベルトにかかって外していく。さらにスラックスのファスナーもあっさり引きさげていった。

その光景を秀平は呆然と見おろしていた。胸のうちで期待がひろがり、ますます陰茎が硬直してしまう。その一方で、どうして彼女がこんなことをしてくれるのか、まったく理解できずにいた。

スラックスが膝までずりさげられて、麦茶と我慢汁の染みができたボクサーブリーフもめくりおろされる。勃起したペニスが露わになり、濡れた亀頭から濃厚な牡の匂いが漂いはじめた。

革靴も脱がされて、スラックスとボクサーブリーフを奪われる。これで秀平が下半身に身に着けているのは黒靴下だけになった。

「ああっ、やっぱりすごいのね」

玲子が目を細めてつぶやき、雄々しくそそり勃《た》った肉柱の根元にほっそりした指を巻きつけてくる。そして、艶やかな唇を近づけると、パンパンに張りつめた亀頭に熱い息を吹きかけてきた。

「ど、どうして、こんなこと……」

呻き声を漏らしながら疑問を口にする。すると、玲子はまるでマイクを握っているように、亀頭に唇を寄せたまま語りはじめた。

「わたしも、あなたには感謝してるのよ」

「お、俺に？」

そのひと言を返すのが精いっぱいだ。尿道口に吐息が吹きかかり、ゾクゾクするような快感がひろがっていた。

「あなたがいなかったら、今回の契約は取れなかったのよ」

「そんな、俺なんて――おううッ！」

秀平の声は途中から呻き声に変わってしまう。ついにペニスに唇がかぶさり、奥までぱっくり咥えこまれた。

「あふンンっ」

亀頭を口内に収めた状態で、玲子が上目遣いに見つめてくる。密かに想いを寄せていた女上司が、夜のオフィスで陰茎をしゃぶっていた。

「れ、玲子さん……くううッ」

彼女はゆっくり顔を押しつけて、男根を呑みこんでいく。鉄棒のように硬直した肉胴の表面を、柔らかい唇で擦られる感触がたまらない。腰が震えだすと、彼女は両手を尻にまわして押さえつけてきた。

「はむっ……ンふぅっ」

その状態で根元まで咥えこまれて、さらに舌が絡みついてくる。艶めかしくうねりながら、唾液をたっぷり塗りつけられた。

「そ、そんな……おおおッ」

もう呻くことしかできない。快感が次々と押し寄せて、亀頭の先端からは我慢汁が溢れ出す。彼女はそれを嬉々として啜り、喉を鳴らして飲みくだした。

「ンっ……ンっ……」

玲子がゆったり首を振りはじめる。亀頭が抜け落ちる寸前まで吐き出しては、一気に根元まで呑みこんでいく。唇がカリ首にかかったときは、不意をつくようにキュッと締めつけてきた。

「ううッ、ま、待ってください」

射精欲がこみあげるたび、秀平は慌てて尻の穴に力をこめる。なんとか耐えているが、玲子の首振りは加速する一方だ。すでにペニスは大量の唾液でコーティングされており、カウパー汁がとめどなく溢れていた。

「そ、それ以上されたら……」

このままでは我慢できなくなってしまう。すると、玲子はすっと唇を離して、ひざまずいた状態で見あげてきた。

「秀平……」

名前で呼ばれるのは初めてだ。それだけで気分が高揚して、新たな我慢汁が分泌された。

「わたしから秀平への感謝の気持ちよ」

玲子は舌先を覗かせて裏筋を舐めあげると、尿道口をチュウッと吸引してくる。カリの裏側にもしっかり舌を這わせて、さらに亀頭だけを口に含み、飴玉のようにしゃぶってきた。

「ちょっ、も、もう……」

慌てて訴えると、またしても玲子は愛撫を中断する。そして、今度は太腿の間に潜りこみ、陰嚢にも舌を這わせてきた。皺袋を唾液まみれにすると、口に含んで睾丸を転がしてきた。

「はむっ……ンふううっ」

「そ、そんなとこまで……おおうッ」

陰嚢をしゃぶりつつ、同時に肉柱を指でしごかれる。唾液を潤滑剤にして、スローペースで刺激された。

「ううッ、お、俺……玲子さんと……」

ひとつになりたい。はっきり口にはできないが、秀平の想いは伝わったらしい。玲子は股間から唇を離して立ちあがった。

「わたしも、秀平と……」

ジャケットとブラウスを脱いで、ピンクのブラジャーが露わになる。レースで飾られた可愛らしいデザインだ。以前は照れ隠しに怒っていたが、今夜はどんなに凝視してもはにかんだ笑みを浮かべていた。

ハイヒールを脱ぐと、秀平の目を見ながらタイトスカートをおろしていく。片足ずつあげて抜き取り、さらにストッキングに指をかけて引きさげた。これで玲子が身に着けているのは、ピンクのブラジャーとパンティだけになった。

「れ……玲子さん」

白い肌が神々《こうごう》しく輝いている。くびれた腰の曲線に惹きつけられて、瞬きするのも忘れてしまう。カップで寄せられた乳房の谷間も、ふっくらした股間の膨らみも、すべてが心を揺さぶった。

「ねえ、秀平も……」

濡れた瞳を向けられて、秀平はジャケットとワイシャツを脱ぎ捨てた。

オフィスで裸になるのは勇気がいるが、それを上回る興奮が全身に漲っている。とにかく、想いを寄せる女性とひとつになりたくて仕方なかった。

「俺、もう我慢できませんっ」

女体を抱きしめると、いきり勃ったペニスを下腹部にゴリゴリ擦りつける。ちょうどパンティの上から恥丘を圧迫する格好だ。すると、彼女は切なげに下半身をよじらせはじめた。

「あンっ、硬いのが当たってるわ」

今さらながら照れているのか、頬がほんのり染まっている。それでも秀平がブラジャーのホックに指をかけると、身をまかせるように力を抜いた。

少し手間取ったが、なんとかホックを外してブラジャーを奪い取る。適度なサイズの乳房がまろび出て、すぐ目の前で儚げにプルンッと揺れた。

「ああっ、玲子さんのおっぱいだ」

すぐさま両手をあてがって揉みあげる。淡い桜色をした可憐な乳首は、最初からぷっくり膨らんでいた。

「あンっ、小さいから、つまらないでしょ」

「そんなことないですよ、俺は玲子さんのおっぱいが大好きなんです」

ちょうど手のひらに収まる膨らみが心地いい。普段のクールさとは打って変わって、恥ずかしがって拗《す》ねたことを言う玲子が、どうしようもなく愛《いと》おしかった。秀平は柔らかさに感激しつつ、指を何度も何度もめりこませた。

「そんな、胸ばっかり……ああンっ」

乳首を摘んでやれば、さらに反応は大きくなる。指先でこよりを作るように転がすと、彼女はたまらないとばかりに腰を右に左にくねらせた。

「乳首がどんどん硬くなってます」

「ウ、ウソよ、そんなの」

「ほんとですよ、ほら」

秀平は腰を落とすと、いきなり乳首にむしゃぶりつく。唇を柔肌にぴったり密着させて、舌でネロネロと舐めまわした。

「あっ、ダメよ、ああンっ」

玲子は敏感に反応してくれる。だから、ますます愛撫に熱が入り、双つの乳首を念入りにしゃぶりまくった。

「も、もう……立ってられない」

よほど感じているのか、玲子は内股になって下半身をもじつかせた。

昼間の彼女からは考えられない弱気な表情になっている。秀平の肩に手を置いているが、突き放そうとしているわけではない。乳首を吸うたびに、喘ぎながら爪を食いこませていた。

「あっ……あっ……ね、ねえ」

玲子は内腿をぴったり閉じて、しきりに擦り合わせている。もう立っているのもやっとという感じだった。

「危ないから、ここに寄りかかってください」

秀平は自分のデスクに誘導すると、ヒップを押し当てて体重を預ける格好を取らせた。こうすることで、少しは安定して立っていられるだろう。そのうえでパンティに指をかけて、引きおろしにかかった。

「あっ、ま、待って……」

玲子がうろたえた声を漏らした。秀平はもしやと思うところがあり、一気にパンティをおろしてつま先から抜き取った。

「やっぱり……」

パンティの股布はぐっしょり濡れていた。乳房をこってり揉み、乳首を舐め転がしたことで、彼女が欲情したのは間違いなかった。

「いやよ、恥ずかしいから見ないで」

玲子が慌ててパンティを奪い取る。だが、濡らしていた事実は変わらない。秀平は椅子を引き寄せると、彼女の左足を座面に乗せあげた。

これで膝をほぼ真横に開き、九十度に曲げた状態になる。漆黒の秘毛がそよぐ恥丘はもちろん、サーモンピンクの陰唇も丸見えだ。大量の華蜜にまみれた花弁は、艶々と濡れ光っていた。

「ああっ、いやっ」

さすがに玲子は足をおろそうとするが、秀平はすかさず股間に顔を埋めていく。剥き出しの女陰に唇を押し当てるなり、淫汁をジュルジュル吸いあげた。

「ひああッ、舐めないでっ、あああッ」

言葉とは裏腹に、女体の反応は顕著だった。玲子は股間をビクッと突き出し、あられもない声で喘ぎはじめた。果汁の量は倍増して、飲みきれないほど溢れてくる。秀平の口も玲子の内腿も、瞬く間に濡れそぼった。

チーズにも似た生っぽい香りが鼻に抜けていく。発情した女の匂いなのか、秀平は全身の血液が沸きたつのを感じていた。本能に火がついたように、舌を伸ばして女陰をしゃぶりまくった。

「玲子さんのここ、すごくおいしいですよ」

唇を押しつけたまま、くぐもった声で告げてみる。さらに舌を尖らせて、探り当てた膣口に埋めこんだ。

「ああッ、そんな、ダメよ、はああッ」

口では「ダメ」と言いながら、感じているのは明らかだ。膣壁を舐めあげれば、彼女の反応はますます大きくなった。艶めかしく腰をくねらせて、夜のオフィスに喘ぎ声を響かせた。

「しゅ、秀平、ああぁッ、秀平っ」

玲子は両手で秀平の頭を抱えこみ、股間をさらに突き出してくる。デスクの縁に尻を乗せて、上体を弓なりに大きく仰け反らせていた。

「も、もうっ、ああッ、もうっ」

舌先に感じる膣のうねりが激しくなる。アクメの波が迫っていると悟り、秀平は全力で舌をピストンさせた。

「ううッ……うううッ」

「あッ、あッ、そ、それ、ダメっ、あああッ」

両手で秀平の髪を掻きむしり、玲子が内腿に痙攣を走らせる。椅子に乗せた足のつま先が、キュウッと内側に丸まった。

「はああッ、も、もうっ、ああッ、はああああああッ！」

感泣とともに華蜜がプシャッと噴き出した。秀平は顔面に潮を浴びながら、それでも懸命に舌を動かし、想いを寄せる人に快感を送りこんだ。

アクメの痙攣が収まるのを待って、ゆっくり舌を引き抜いた。女体が小さく震えて崩れ落ちそうになる。秀平は素早く立ちあがり、玲子の火照《ほて》った身体をしっかり抱きとめた。

「しゅ……秀平……」

もはや彼女は息も絶えだえといった感じだ。しかし、秀平はまだ一度も放出していない。陰茎は痛いくらいに勃起したままだった。

「俺も……いいですよね？」

耳もとで囁きかけると、抱き合った状態で椅子に腰かける。玲子はぐったりしているが、それでも秀平の膝をまたいでくれた。

「ああン、これって……」

彼女もすぐにピンと来たらしい。そう、これは初めて結ばれたときと同じ対面座位だ。あのときは途中で警備員が来たため、中断せざるを得なかった。

「もう一度、したいんです」

すでにペニスの先端は膣口を捕らえている。ゆっくり彼女のヒップを引き寄せれば、女壺のなかに亀頭が沈みこんでいった。

「あううッ、入ってくる」

玲子が吐息を漏らしながら、肩に抱きついてくる。膣口が敏感に反応して、さっそくカリ首を締めあげた。

「玲子さんのなか、すごく熱いです」

溢れた華蜜が陰茎を伝い、トロトロと流れ落ちる。さらにヒップを抱き寄せると、肉柱は一気に根元までめりこんだ。

「はああッ、い、いいっ」

昇りつめた直後の玲子は、全身が過敏になっているらしい。絶叫にも似たよがり声をあげて、秀平の背中に両手をまわしてきた。

「は、入りましたよ」

耳たぶを甘噛みしながら語りかければ、彼女は何度も頷いて腰をよじらせる。さらなる刺激を求めているのか、膣道もペニスをねぶるように蠢いていた。

快楽を欲しているのは秀平も同じだ。両手をしっかりまわしこみ、彼女の尻たぶを摑んで股間を突きあげる。女体を上下に揺するのに合わせて、男根をグイグイねじこんだ。

「あああッ、奥まで来るの」

すぐに玲子が喘ぎだす。ペニスは女壺の奥深くに入りこみ、亀頭の先端が子宮口に到達している。女体を揺するたびにカリが膣壁を抉り、同時に最深部をノックする状態になっていた。

「あッ……あッ……あああッ」

玲子は手放しでよがり泣き、秀平に無我夢中でしがみついてくる。このまま突きつづければ、再び昇りつめるのは間違いなかった。

（で、でも、まだ……）

秀平は奥歯をぐっと食い縛ると、女体を強く抱きしめた。

いつもと違う自分を見せたい。日頃は頼りないかもしれないが、ときには彼女をリードできる男だということをアピールしたかった。

「ぬおおおッ！」

両足を踏ん張ると、野太い雄叫《おたけ》びを響かせる。対面座位で繋がった状態から、渾身《こんしん》の力をこめて立ちあがった。

「きゃっ、な、なに？」

玲子が慌てた様子で首にしがみついてくる。反射的に両脚も秀平の腰にまわして、足首をしっかりフックさせた。

「お、俺だって、これくらいできるんだ！」

秀平も両手でがっしり尻たぶを摑んで、ペニスを深く埋めこんだ。「駅弁」と呼ばれる体位で、女体は完全に宙に浮いていた。

「こ、怖いわ……」

「でも、ほら、奥まで刺さってますよ」

女体を抱えたまま、六課のオフィスを歩きまわる。一歩進むごとに、ペニスがさらに奥まで入りこむ。先端が子宮口をグイグイ圧迫して、玲子は涎《よだれ》を垂らしながら喘ぎはじめた。

「ひああッ、ふ、深いっ、深すぎるっ」

「おおおッ、すごく締まってますっ」

快感の嵐が吹き荒れるなか、入口の横にあるタイムカードの前を通りすぎる。ペニスと膣粘膜が擦れて、愉悦はどんどん膨れあがっていく。玲子はヒイヒイ喘いで、秀平も低い呻き声を漏らしていた。

さらに四つのデスクを合わせたみんなの席のまわりを一周する。いつも六課の仲間が働いている場所を、全裸で繋がった状態で歩いているのだ。さらに課長席の前まで行くと、その場で腰をグイグイ振りたてた。

「玲子さんと、こんなことができるなんて、おおおッ」

「あああッ、つ、強いっ、はああッ、奥に当たってるっ」

玲子のよがり泣きが切羽つまってくる。二度目の絶頂が迫っているに違いない。膣の締まりも凄まじく、ペニスがこれでもかと絞りあげられた。

「ぬおおッ、玲子さんっ」

「ああッ、ああッ、もうダメぇっ」

快感の盛りあがりとともに、彼女への気持ちがさらに膨らんでいく。やがて抑えきれない想いが、無意識のうちに言葉となって溢れ出した。

「玲子さんっ、好きだっ、大好きだっ、おおおおッ！」

激烈に腰を振りながら、胸に秘めてきた気持ちをぶちまける。同時に亀頭を子宮口に叩きつけて、限界まで高まった欲望を放出した。

「くおおおッ、玲子さんっ、おおおおッ、ぬおおおおおおおおおおっ！」

股間を思いきり突きあげると、獣のような呻き声を轟かせる。それと同時に高速で飛び出したザーメンが、膣の最深部を連続で打ち抜いた。

「はあああッ、い、いいっ、あああッ、すごくいいっ、イクっ、イクううッ！」

玲子も感極まった声をあげて、全身をガクガク痙攣させる。秀平の背中に爪を食いこませながら、またしてもオルガスムスに昇りつめていく。あの玲子が股間を淫らにしゃくりあげて、男根がもたらす快楽に溺れていた。

すべてを出しつくすと、急に力つきて倒れそうになる。なんとかこらえてしゃがみこみ、そのまま仰向けに転がった。

まだ結合は解けておらず、玲子が折り重なった状態だ。二人とも息が切れており、ひと言もしゃべることができなかった。ただ汗ばんだ肌を密着させて、アクメの余韻に浸っていた。

「秀平……」

意識が半分遠のきかけていた。名前を呼ぶ声とともに、柔らかい唇が重ねられた。

「ん……玲子さん」

無意識のうちに女体を抱きしめる。くびれた腰の曲線がたまらなくて、何度も手のひらを滑らせた。

「あンっ、くすぐったいわ」

玲子が穏やかな笑みを浮かべている。秀平は完全に心を射貫かれて、言葉を返すことができなかった。

「男らしいところもあるのね」

思ってもみなかった台詞《せりふ》が、彼女の唇から紡《つむ》がれた。そのひと言で、秀平は天まで舞いあがった。

「玲子さん……もう一度言ってください」

「い、いやよ、二度と言わないわ」

催促されると恥ずかしいのだろう。玲子は赤くなった顔を隠すように、胸板に頬を擦りつけた。

そして、秀平の耳もとで囁くように告げた。

「わたしも……好きよ」

一瞬、耳を疑ったが間違いない。

玲子は求めていた以上の言葉を返してくれた。

あのクールで厳しい女上司が耳まで真っ赤に染めている。秀平は女体をしっかり抱きしめて、この女性を一生守っていこうと心に誓った。

（了）

※本作品はフィクションです。
作品内の人名、地名、団体名等は
実在のものとは関係ありません。

長編小説

とろめき女上司《おんなじょうし》

葉月奏太《はづきそうた》

2017年10月23日　初版第一刷発行

ブックデザイン…………………… 橋元浩明(sowhat.Inc.)

発行人……………………………………………後藤明信
発行所…………………………………株式会社竹書房
〒102-0072　東京都千代田区飯田橋2－7－3
電話　03-3264-1576（代表）
03-3234-6301（編集）
http://www.takeshobo.co.jp
印刷・製本……………………………凸版印刷株式会社

ISBN978-4-8019-1246-5　C0193